DAS LICHT DER WÜSTE

DAS LICHT DER WÜSTE

Roman

Susanne Oswald

Noch kenne ich deinen Namen nicht. Doch schon stehst du vor mir und willst erzählt werden. Die Stoppeln deines Dreitagebartes glitzern silbrig in einem seltsamen Licht, das von nirgendwo kommt. Du bist nackt. Ein schöner Mann von knappen Vierzig. Dein schmaler Körper hat kaum sichtbare Muskeln, wirkt aber gesund und straff. Die Haut auf deiner Brust ist glatt, wie die eines Knaben. Ich spüre in mir die Lust, dich zu berühren. Etwas in mir weitet sich. Es fühlt sich an wie Liebe. Aber dafür bist du nicht gekommen. Ich verstehe es, ohne dass du es sagst. Du willst nicht geliebt, sondern erzählt werden. Du willst in meinen Worten entstehen, leben und sterben lernen. Gut, ich bin bereit. Ich werde deine Geschichte erzählen, wie sie sich zugetragen haben könnte. Aber sei bitte nicht so abweisend! Und befiehl mir nicht, was ich zu fühlen habe!

1

Nelson schaute zwischen den Masten hoch. Die Taue bildeten ein dickes Spinnennetz vor dem Himmel, in dem sich ein paar Sterne gefangen hatten. Er meinte, den großen Bären zu erkennen, aber dann sah er, dass der helle Stern, an dem er sich orientiert hatte, ein blinkendes Flugzeug war. Nelson seufzte. Er trat an die Reling. Das lackierte Holz des Handlaufs war glatt und kühl. Das also war nun das Ende. Es war sehr plötzlich gekommen. Hatte er es erwartet?

Das Meer war dunkel, die Luft dunstig und trüb. Der Blick konnte nicht in die Ferne schweifen, um sich für einen Moment dort im Schwarzen auszuruhen. Es gab keine Flucht. Alles prallte ab an der undurchdringlichen Dichte der Nacht, die über dem Wasser lag. Nur nach oben lichtete sich der Dunst. Die Sterne funkelten. Das Flugzeug blinkte. Nach oben herrschte Offenheit.

Selbstverständlich hatte Nelson gewusst, dass sich etwas verändern müsse. Aber er erwartete es für später. Für so viel später, dass er es vergessen, verdrängt hatte. Vielleicht hatte er auch die wahnwitzige Hoffnung gehabt, dass nicht sein würde, was er sich zu denken verbot.

Nelson wusste, dass er zu seiner Exekution schritt. Er achtete nicht auf die sauber gescheuerten Planken und das funkelnde Messing der Lampen und Beschläge, noch auf den harten Glanz der perfekt lackierten Aufbauten, aus deren mit Spitzen verhängten Fenstern warmes Licht drang. Entschlossen öffnete er die Tür zum Salon. Fernandez und Ashby standen an der Bar, offensichtlich in ein angeregtes Gespräch vertieft, das nun aber augenblicklich verstummte. "Hallo, Nelson", nickten sie ihm lahm zu. Sie machten neutrale Gesichter, aber etwas zum Schneiden Dickes ging von ihnen aus und füllte den Raum.

Nelson grüßte zurück und ging an ihnen vorbei, vorbei am silbernen Champagner-Kübel, an der kostbar geschnitzten Bar, an den mit olivfarbenem Samt bezogenen Sofas und Sesseln. Er besah sich nicht im großen, reich verzierten Goldrand-Spiegel und achtete nicht auf die Intarsien an den Wänden, die die herrlichsten Segelschiffe der Welt in seltenen Hölzern und Perlmutt abbildeten. Nur das großartige Bukett in der riesigen Kristallvase fesselte für einen Moment seine Aufmerksamkeit. Vielleicht weil die Lilien, die der bunte Strauß enthielt, so betäubend dufteten. Er sah, wie im Zeitraffer, die wippenden Staubbeutel an ihren fast unsichtbaren Fäden und erinnerte sich an die Lilien, die ihm vor ein paar Jahren sein Lieblingshemd befleckt hatten, gelbe Flecken, die sich nie mehr entfernen ließen. Danach hatte er nie mehr Lilien gekauft. Dabei liebte er ihren schwülen Duft.

Im Speisesaal glitzerten Kristall und Silber auf blendendem Damast um die Wette. Die Servietten waren kunstvoll gefaltet und bildeten raffinierte Fächer. Brötchen in drei Sorten und Butterröllchen auf Eis standen bereits auf der Tafel bereit. Fast der gesamte Ausschuss des Vorstands war hier versammelt, nur Groenewalds, der Vorstandsvorsitzende, und Duchàne, der Vertreter der größten Aktionärsgruppe, fehlten noch. Doch der Chef-Steward, es war ein gepflegter Vierziger mit klugem Gesicht und effizienten Bewegungen, bat die Herren bereits zu Tisch. Nelson war froh, dass jeder seinen festen Platz hatte. So musste er keinen Entscheid fällen. Er würde, wie bisher, zwischen Ghezzi, dem Finanzchef, und Brauer, dem Bankier aus der Schweiz, sitzen. Beide waren ihm nicht feindlich gesinnt, das wusste er, auch wenn sie nichts für ihn unternehmen würden. Ihm gegenüber saßen Mayer, ein Techniker, der nichts von Intrigen wissen wollte, und der smarte CEO, der früher Willi Theiler geheißen hatte und sich nun Bill Tyler nannte.

Grüne Mineralwasserfläschchen wurden auf den Tischen verteilt. Und schon schenkten elegant bekittelte Kellner mit lackierten Frisuren Weißwein ein. Nelson beobachtete die Spirale aus feinsten Bläschen, die sich drehte bis sich die Flüssigkeit schließlich beruhigte. Der Wein, ein Italiener, sah wässrig und leicht grünlich aus, hatte aber einen angenehm fruchtigen, frischen Geschmack und wirkte erstaunlich breit auf der Zunge.

Nun kamen auch Duchàne und Groenewalds. Sie machten ernste Gesichter, nickten nur stumm und setzten sich an ihre Plätze an der Spitze der Tafel. Die Suppe wurde gereicht. Eine Curry-Crème mit Krabben und einem Klacks Sahne, die von Kaviar schwarz gesprenkelt war, eine Insel in der gelben Flüssigkeit.

Es wurde mehr oder weniger schweigend gelöffelt, nur kurze Bemerkungen über das Wetter wurden gemacht, und Brot und Butter mit "bitte sehr" hin und her gereicht. Als Groenewalds das Glas hob, zierlich am Stiel wie es sich gehört, tranken sich alle zu. Doch die Männer hatten Mühe, sich in die Augen zu schauen.

Als die Suppenteller weggeräumt waren und der Salat serviert wurde, bemühte sich Tyler, die Stimmung aufzulockern und begann über Barcelona zu referieren, wo sie morgen früh eintreffen würden. Er gab Tipps, was sich zu kaufen lohnte und wo sich besonders originelle Geschenke und Mitbringsel für die Familien finden ließen. "Geht unbedingt die Ramblas hoch, da findet ihr alles. Oder schaut in den Cortes Inglès, der Laden hat Weltniveau. Immer das Neuste an Design, die unglaublichsten Artikel. Das ist Marketing!" Schneller Blick auf Nelson. "... Und der Laden allein ist eine Besichtigung wert." Einige der Tischgenossen nahmen das Thema dankbar auf, fragten nach, machten weitere Vorschläge, notierten sich Adressen und waren froh, der drückenden Stimmung wenigstens für einen Moment auszuweichen. Nelson blieb stumm. Er beobachtete, wie Groenewalds mit Jacobson, seinem Sekretär, flüsterte und wie dieser zum Chef-Steward ging. Der Mann machte zuerst ein bedenkliches Gesicht, nickte dann aber. Offenbar sollte eine Pause vor dem Hauptgang eingeschoben werden.

Jacobson setzte sich und räusperte sich. Das reichte aus, um die Gespräche rund um den Tisch augenblicklich versiegen zu lassen. Die Tafelrunde saß still wie gefroren. Nur Groenewalds griff in seine Brusttasche und nahm ein zusammengefaltetes Papier hervor. Offensichtlich hatte er sich ein paar Notizen gemacht, aber er schaute in den kommenden Minuten nie auf sein Papier.

"Meine Herren", sagte er, blickte zuerst auf die mit kostbarer Täfelung und Seide ausgelegte Decke und danach in die Tafelrunde, "wir haben uns hier getroffen, um die Zukunft zu diskutieren und wichtige Entscheidungen zu treffen. Sie wissen es: Wir sind in einer schwierigen Lage und entsprechend schwierig ist es, das Notwendige und Richtige zu tun. Wir hatten eine sehr interessante Klausur, viel Arbeit, viel Einsatz und sehr heftige Diskussionen darüber, was das Richtige ist und ich danke Ihnen allen, dass Sie sich so schonungslos offen und trotz aller Meinungsverschiedenheiten doch fair eingesetzt haben. Ich habe allerdings von Ihnen allen auch nichts anderes erwartet." Eine Kunstpause folgte. Groenewalds griff zum Glas, ließ es dann aber doch stehen. Seine Untergebenen saßen noch immer wie gebannt. "Wir brauchen eine bestens ausgerüstete und hochmotivierte Truppe, um diese entscheidende Schlacht zu schlagen. Nun: Morgen früh geht unsere Reise zu Ende und entsprechend mussten die Entschlüsse heute gefasst werden. Herr Duchàne und ich haben heute Nachmittag noch einmal alle Ihre Argumente überprüft. Wir haben alles, was Sie vorgebracht haben, in Erwägung gezogen. Grundsätzlich haben wir ja zwei Optionen." Die Spannung stieg und die Ungeduld der Zuhörer wuchs. Groenewalds schien den Moment zu genießen, redete um den heißen Brei herum und zerdehnte den Augenblick. Tagelang hatte am Verhandlungstisch eine wilde Schlacht getobt und er hatte wie ein römischer Kaiser von seiner Loge aus zugeschaut, wie sich seine Gladiatoren bis aufs Blut bekämpften. Und nun kam der Moment, wo er als Schiedsrichter den Daumen nach oben oder nach unten strecken würde. Und er genoss seine Rolle und diesen Augenblick der tödlichen Spannung. Nur Nelson kannte das Urteil bereits mit Sicherheit. Er hatte es heute morgen in den Augen von Duchàne gelesen. Und er wusste, dass es das "Aus" für ihn war.

Groenewalds hatte offenbar inzwischen genug von seinem Machtspiel. Er schaute jovial wie ein Weihnachtsmann in die Runde und sagte: "Morgen geht das Übernahme-Angebot an Stella. Wir sind überzeugt, dass wir damit das Richtige für die Zukunft unserer Firma tun. Eine Kurskorrektur war nötig. Wir brauchen den Erfolg!" Sein Blick wurde eiskalt, als er nun Nelson streifte, alle andern blickten von diesem weg und sahen in Groenewalds rundes, jetzt leicht gerötetes Gesicht, das nun wieder sachlich neutral in die Runde blickte. "Personelle Umstrukturierungen finden im Moment nicht statt, mit Ausnahme der Abteilung „Eisvogel", die ich interimistisch selbst übernehme. Herr Duchàne und ich zählen weiterhin auf Ihre loyale, motivierte und tatkräftige Mitarbeit. Ich danke Ihnen, meine Herren."

Groenewalds schob den Zettel in seine Brusttasche zurück und wandte sich an Duchàne und begann leise auf ihn einzureden. Eilige Kellner verteilten die Teller, auf denen ein kleines Steak, ein Kartoffelpuffer und verschiedene Gemüse malerisch angeordnet waren. Andere schenkten aus schlanken Flaschen Bordeaux in die hochstieligen Kelche. Alle waren froh um die Ablenkung, prosteten sich zu, wünschten sich einen guten Appetit und machten vage und flaue Bemerkungen über die Zukunft der Firma und ihrer Arbeit. An Nelson richtete keiner ein Wort und alle Blicke mieden ihn.

Allein in der Wüste hätte er nicht einsamer sein können als hier in der Runde seiner Ex-Kollegen. Wie ein Gespenst, wie ein ungebetener und unsichtbarer Gast saß er am Tisch, betont aufrecht, mit einem Gesicht, an dem sich nichts ablesen ließ. Er hatte ja Zeit gehabt, sich vorzubereiten, einen ganzen Tag lang. Und vielleicht war überhaupt die ganze Reise eine Vorbereitung für diesen Augenblick gewesen.

Nelson schnitt mit dem schweren, scharfen Silbermesser mitten in sein Steak. Blutiger Saft sickerte kraftlos heraus und verteilte sich auf dem feinen, weißen Porzellan. Fernandez trank Ashby zu. Er hatte ein böses, triumphierendes Glitzern in den Augen.

2

Offensichtlich hatten an jenem Morgen die Motoren Nelson nicht sofort geweckt, denn als er erwachte und realisierte, dass die Jacht am Auslaufen war, zog er nur schnell etwas Warmes über und rannte hinauf an Deck. Das Schiff aber war bereits ein ziemliches Stück vom Hafen entfernt.

Es war noch früh, die Luft frisch und belebend. Eine seltsame Transparenz lag über der Küste und dem Meer, dessen kleine Wellenkräusel abwechselnd dunkle, rosarote oder lichtblaue Reflexe warfen. Der Fels von Monaco glomm wie von innen heraus in einem zartrosa Sonnenaufgangslicht, obwohl die Sonne noch hinter dem Horizont lag. Auf den Hügeln mit ihren Hochhäusern und verstreuten Villen lag ein weißer Dunstschleier, wie der feuchte Atem von tausend Prinzessinnen, die in ihren Gemächern unter feingemusterten Decken schliefen und von Gold und Rosenduft träumten. Ein Schwarm Möwen begleitete das Schiff. Sie zogen elegante Figuren durch den durchsichtigen Himmel.

Das war vor fünf Tagen gewesen – vor einer Ewigkeit. Nelson hatte begierig den Meeresgeruch geschnuppert. Er war lange nicht mehr an der See gewesen. Er hatte voller Freude die Weiße des gepflegten Schiffs gemustert, war mit den Augen die Masten emporgestiegen, die hoch wie die Decke eines Kirchenschiffs schienen. Vor ihm lagen üppige, blaue Kissen im Heck, die zum wollüstigen Sonnenbaden aufforderten. Und um ihn war das Meer, das sich nun von rosa in rotgold verwandelte und endlich golden zu gleißen begann, als die Sonne mit ihren ersten Strahlen über den Horizont stieg, Wolkenränder zum Leuchten brachte, die Paläste am Ufer weiß aufblitzen ließ und schließlich Nelson mit einer zarten Berührung wärmte.

Das Mittelmeer, Kreuzungspunkt der Güter und Gedanken. Hier trafen sich Afrika, Asien und das alte Europa. Kulturen gingen auf und unter. Dort im Südwesten hinterließen vorzeitliche Menschen Gräber und herrlichste Gemälde an Wänden von Grotten und Höhlen. Am Ostufer siedelten kultivierte Neolithiker in Städten mit Bädern und Heizung. Derweilen hatten die Chaldäer (oder waren es die Sumerer?) die Kunst der Sterndeutung, der Astrologie, erfunden. Südlich davon bauten die Ägypter ihre Pyramiden, balsamierten ihre Vornehmen ein und ersannen Götter und Rituale, die noch die heutigen Menschen faszinieren. In Griechenland wirkten Menschen, die als die Vorgänger des europäischen Denkens gelten, während am Rand Kleinasiens die Stätten liegen, in denen Jesus gepredigt hatte, heute Streitobjekte zwischen Palästinensern und Israelis. In Italien wurde nicht nur die köstliche Teigwarenküche erfunden, hier lebten auch die geheimnisvollen Etrusker und nach ihnen die Römer, die nicht nur das ganze Mittelmeer, sondern das halbe Europa unterwarfen.

Nach ihnen drang Alexander bis nach Indien vor, doch die Herrlichkeit seines Reiches währte nur wenige Jahre, kostete aber so viele Leben, dass man ihn den Großen nannte. Nach ihm erfüllten sich Türken und Araber den offenbar unstillbaren Wunsch Länder zu erobern und Reiche zu gründen.

(Was hat man nur all diesen starken Männern angetan, dass sie so große Reiche brauchten, um sich sicher zu fühlen?)

Kulturen und Religionen breiteten sich von diesem Mittelmeerraum her aus, Juden, Christen, Muslime. Das osmanische Reich stürzte Byzanz und drang so weit vor, dass selbst den Wienern die Gemütlichkeit verging. Die Araber besetzten Spanien und erreichten Frankreich und brachten die Mathematik und das rationale Denken in das von Stammesfehden zerrissene, finstere Europa. Im Süden und Südwesten Frankreichs entstand die erste Kultursprache unserer Epoche, die Langue d'Oc. In ihr wurde die Liebe besungen und die Heldentaten von braven Rittern. Doch Religionskriege, verbunden mit der Gier nach Herrschaft und Land, zertraten auch diese Blüte poetischer Kultur. Kirche und Kaiser kämpften mit- oder gegeneinander, je nach Interessenlage, aber immer ohne Rücksichtnahme auf die Bevölkerung, die das Land bebaute und zum Fischen zur See fuhr um trotz widrigster Umstände zu überleben. Höhepunkte der fiesen Kämpfe um Einfluss, Geld und Land waren die Kreuzzüge, denen zuerst die sogenannten Heiden, danach aber alle Unbequemen und Andersdenkenden im eigenen Land zum Opfer fielen. Katharer, Albigenser und später die Hugenotten wurden auf barbarischste Weise vertrieben oder abgeschlachtet.

Und hat die moderne Zeit diesem herrlichen Meer, diesen wunderschönen sonnigen Ufern Frieden gebracht? Mitnichten. Keine tausend Jahre nach den Kreuzzügen, mit denen man den Heiden Mores lehren wollte, kamen die Kolonialisten. Mir nichts, dir nichts wurden europäische Fahnen an den afrikanischen und kleinasiatischen Ufern eingerammt. Zwei Kriege überzogen die Welt und auch das Mittelmeer mit Tod und sinnloser Zerstörung. Und als danach alle glaubten, wir hätten nun wirklich gelernt, dass Krieg zu nichts führt, brach in Jugoslawien ein Bürgerkrieg aus, der an Grausamkeit dem Mittelalter in nichts nachstand.

Woher nur nehmen die Menschen die Kraft, trotz der Zerstörung, die wie die Wellen des Meeres unaufhörlich über sie brandet, immer wieder neu anzufangen? Kaum ist der Krieg vorbei, setzen sie wieder die Boote instand und fahren hinaus, holen sie den Pflug hervor und wenden die Erde, schleppen sie Steine herbei und bauen Kirchen und Tempel von neuem auf.

Was ist es nur, das dem Menschen trotz all der Gräuel die Kraft zum Überleben gibt?

Nelson dachte nicht so weit, als er nun auf diesem Mittelmeer schaukelte, und auf die Küste sah, die vor Reichtum strotzte, die nach Freizeit und Ferien roch, wo er Touristen, Filmstars und Geldmagnaten wusste. Er freute sich einfach, wieder einmal auf dem Meer und an der frischen Luft zu sein. Und er genoss die durchsichtigen Farben dieses neuen Tages. Was kommen würde, würde hart genug sein. Es ging darum, sein Projekt und damit seine Position in der Firma zu verteidigen. Auch dieser friedliche Morgen war nicht mehr als der Ausgangspunkt für Kampf und Schlachtengetümmel. Auch wenn keine Messer gewetzt wurden, auch wenn man das Ganze Wettbewerb und nicht Krieg nennt, es ging doch darum, den anderen abzuschießen, um selber überleben zu können.

Ein junger Mann mit schwarzem Kraushaar und dunkler Haut kam daher. Er grüßte mit lachenden Augen und blitzenden Zähnen und machte sich daran, ein langes Seil zu einer wunderschönen Schneckenspirale zu winden. Nelson beobachtete, wie sich seine Jeans spannten, als er sich bückte. Seine Arme waren kräftig und aufregend muskulös. Er trug ein schneeweißes T-Shirt mit einem Bild der Segeljacht und ihrem stolzen Namen: Sea-Birth, Meeres-Geburt, aber auch fast als Sea Bird, Meeresvogel, zu lesen. Auf diesen Namen war der Schiffseigner, der sich gerne seiner klassischen Bildung rühmte, besonders stolz, war es doch gleichzeitig auch eine Anspielung auf Aphrodite, die aus dem Meeresschaum geborene Göttin der Schönheit und Liebe.

Nelson fühlte einen leisen Schwindel, als er in seine
Luxuskabine zurückging.

3

Groenewalds stammte aus einem Geschlecht von
Bauern und das sah man seiner behäbigen, gedrunge-
nen Figur auch an. Er war nicht sehr groß, breit gebaut
und hatte einen leicht gebogenen Rücken. Sein Gang
war schwer und leicht vorgebeugt. Es war, als ob ihn
die Schwerkraft mehr an die Erde binden würde als
andere Menschen. Sein Verstand aber hatte nichts Bäu-
risches und Bedächtiges. Groenewalds galt als ausge-
sprochen klug, schnell und instinktsicher. Er begann
seine Karriere als Lehrer, holte ein Wirtschafts-Studium
nach, ging in die Politik und wurde zum gefragten
Fachmann im immer gewichtigeren Zusammenschluss
der europäischen Staaten. Sein Rat war weitherum gesucht, sein Beziehungsnetz überzog die ganze, industri-
alisierte Welt und seine Macht galt als beträchtlich. Und
so fiel ihm schließlich der Posten des Vorstandsvorsit-
zenden in einer der bedeutendsten Autofabriken des
Westens wie ein reifer Apfel in den Schoss. Er hatte
ihn nicht gesucht, aber er genoss es, nun auf der prakti-
schen Seite der Wirtschaft mitzumischen. Am Anfang
lief alles großartig. Doch plötzlich, nach fetten Jahren
des Erfolges und der Expansion begannen die Schwierigkeiten. Die Firma fing an, rote Zahlen zu schreiben
und die Verluste nahmen ein Ausmaß an, das sich nicht
länger verschleiern ließ. Groenewalds guckte nicht lan-

ge zu, sondern handelte. Eine Krisensitzung folgte der andern. Die Probleme lagen auf dem Tisch, Lösungsmöglichkeiten waren skizziert. Nun galt es, Entscheidungen zu fällen.

Groenewalds rief das oberste Management zusammen und lud den Direktor der Zweigfirma aus dem Süden und den wichtigsten Handelspartner in den USA zu einer fünftägigen Klausur-Tagung. Dass diese nicht einfach im bewährten Hotel in den Vogesen stattfand, was Groenewalds inzwischen bereute, hatte übrigens einen pikanten Hintergrund: Der Vorstandsvorsitzende hatte eine neue Freundin, eine gelangweilte Professorengattin, die sich in den Kopf gesetzt hatte, in die Welt der Werktätigen einzutreten. Und da diese Freundschaft sehr neu war, beauftrage Groenewalds in einem Anfall von Schwäche seine Liebste, das Treffen zu organisieren. Und diese griff ins Volle und buchte das Teuerste, welches aufzutreiben war. Groenewalds war es zwar leicht mulmig geworden, als er hörte, was es kostete, die Sea Birth zu chartern. Doch seine Freundin überzeugte ihn, dass ein Schiff auf hoher See genau die Abgeschiedenheit garantierte, die die Männer brauchten, um effizient zu arbeiten. Auch könne so nichts nach außen sickern. Dieses Argument gefiel Groenewalds und so stimmte er ihren teuren Plänen zu. (Allerdings wurden dann doch kleine Landausflüge eingeplant, weil der Skipper sagte, nach seiner Erfahrung würden die Leute durchdrehen, wenn sie fünf Tage auf hoher See festgenagelt würden. Das käme zwar auf größeren Kreuzfahrten durchaus auch vor, aber dann seien immer alle betrunken, jedenfalls die, die keinen Koller hätten.) Und so war einmal mehr alles anders als geplant und die Manager starteten zur offenen Klausur in Form eines Segeltörns.

Aus allen Ecken der Welt waren sie nach Nizza geflogen, die sieben Kaderleute, die zwei Gäste und der verschwiegene Sekretär, zehn Männer, jeder mit einem schweren Koffer voller Papier und einem leichten Köfferchen mit etwas Unterwäsche, einer weiteren, blauen Hose und ein paar unauffälligen, hellen Hemden, Rasierapparat, Zahnbürste, Schlaf- und Verdauungstabletten und Kriminalroman. Im Negresco, dem besten Hotel an der Engelsbucht, waren Zimmer reserviert. Aber keiner hatte Zeit, den Luxus des Jugendstil-Palastes zu genießen, denn sie kamen spät an und brachen früh wieder auf. Ein schneller Blick auf die Promenade des Anglais, wo die Palmenschöpfe im Lichte der Straßenlaternen leise nickten, und das Geräusch der vorbeibrausenden Autos, war alles, was sie in Nizza erlebten. Aber immerhin gab es eine Minibar im Hotelzimmer, und darin Fernet Branca und Whisky, mit dem sie ihre Unruhe zu besänftigen hofften.

Schon für morgens um neun hatte die tüchtige Professorengattin den Bus bestellt, der sie der Küste entlang nach Monte Carlo bringen sollte, wo die Sea Birth im Hafen lag. Doch die Abfahrt verzögerte sich. Duchàne, der 37% der Aktien und die Gründerfamilie vertrat, war noch nicht eingetroffen. Er hatte aber ausrichten lassen, dass man nicht auf ihn warten solle und er in Monte Carlo zu ihnen stoßen würde. Groenewalds war leicht irritiert und schnauzte den unschuldigen Jacobson an, der nun wirklich nichts dafür konnte.

Die andern taten so, als ob sie nichts merkten und den Ausflug entspannt genössen. In Wirklichkeit aber spielten sie, wie brave Schuljungen, nur einfach die Rollen, die ihnen zugedacht waren.

Der Bus nahm die untere Corniche, wand sich über Kurven hinunter nach Villeneuve, wo sich hinter hohen Felsen ein mächtiger Hafen mit imposanten Kriegsschiffen verbarg. Rechts dehnte sich Cap Ferrat ins Meer, mit den Villen von Berühmtheiten, die einst der Côte ihren Glanz verliehen hatten. Das einstmals verträumte Beaulieu tauchte auf, immer noch ein Stückchen Paradies mit seinen Gärten voll von herrlichen, exotischen Pflanzen. Und immer wieder boten sich atemberaubende Ausblicke auf das Meer, das mit einer geradezu gewalttätigen Bläue zwischen den roten Felsen aufblitzte. Agaven mit ihren bizarren Blütenständen, Palmenalleen und Paläste, bewachsen mit blühenden Ranken verbreiteten Ferienstimmung, erinnerten an angenehme Gesellschaft, schöne Frauen, festliche Dîners. Doch keiner im Bus mochte sich so richtig freuen. Wie ein unsichtbares, schwarzes Gewicht hing das Kommende über ihnen. Zwar lobten sie die Landschaft, stöhnten auch einmal auf, wenn sich wieder eine besonders schöne Aussicht auftat, doch noch viel öfter seufzten sie heimlich, wenn sie an das Geld dachten, das hinter den sauber geschnittenen Hecken verborgen war und ihnen nicht gehörte. Sie konnten sich einfach nicht entspannen und genießen. Schließlich waren sie ja auch geschäftlich hier und nicht zum Vergnügen. Die nächsten Tage würden Kraft und höchste Aufmerksamkeit erfordern und ihre volle Geistesgegenwart. Es ging nicht einfach um die Verluste der Firma, es ging auch um sie, um ihre Karrieren, ihre Position, ihr Sein. Was immer entschieden würde, es würde auch sie treffen, im Guten oder im Bösen. Und so war die Schönheit der Côte d'Azur nicht mehr als eine Kulisse für ihre Besorgnis und ihre Angst. Doch selbstverständlich ließ sich keiner etwas anmerken.

4

Der Bus reihte sich in den Verkehr des Boulevards, der vom Felsen von Monaco hinunter zum Hafen von Monte Carlo führt. Nelson sah die Kurven und Mauern wieder, die er vom Autorennen im Fernsehen kannte. Die Gärten und Villen der Riviera wurden jetzt von Betonblöcken und Hochhäusern abgelöst, die dicht ineinander gepackt, weit in die Berghänge hinauf gebaut waren und die felsigen Trockenhänge in eine Betonwüste verwandelt hatten, Refugium für Tausende von Steuerflüchtlingen. Die Kolonne bewegte sich im Schritttempo und so hatten die Männer Zeit, alles genau zu betrachten. Und plötzlich öffnete sich die Sicht auf den Hafen und sie sahen sie: Eine Jacht, grösser als alle andern, ein weißes Traumschiff in einer herrlich eleganten Form, mit Masten, welche die vorderste Reihe der Hochhäuser beinahe überragten.

Nelson klopfte das Herz, als er die Gangway heraufkam und die wunderbaren, gepflegten Hölzer sah, das blitzende Messing und die perfekt instand gehaltene Takelage. Er wunderte sich, dass er weiterhin den Autoverkehr hörte und nicht die Ouvertüre des fliegenden Holländers zu Ehren dieses prachtvollen Schiffes erklang, das ein Gruß aus einer weit zurückliegenden Vergangenheit zu sein schien. Vor knapp hundert Jahren als Vergnügungsschiff für eine reiche Frau gebaut, hatte es eine wechselvolle Geschichte hinter sich, erlebte glanzvolle Momente und tiefsten Niedergang und erstand wieder in alter Pracht durch die Liebe eines Seebären, der Aphrodite und schöne Schiffe verehrte. Sea Birth, die aus dem Meer geborene, dem Schaum entstiegene, ein unerfüllbarer Traum, der sich hier plötzlich erfüllte. Aber Nelson wusste, wie viel Handwerk und technisches Wissen in einem solchen Gefährt steckten, wie viele falsch konstruierte Schiffe in den Wellen zerbrochen waren, bis sich endlich die Kunst herausgebildet hatte, nicht nur seetüchtige, sondern so herrlich schöne Schiffe zu bauen.

Die Mannschaft stand zur Begrüßung in einer Reihe an Deck, die Offiziere in Uniformen, die Matrosen und übrigen Helfer, alles junge Leute mit offenen Gesichtern, in sauberen Jeans und weißem T-Shirt. Sie strotzten vor Kraft und Gesundheit, die offensichtlich das Leben auf dem Meer mit sich brachte. Der Kapitän, ein rotnasiger Engländer, den nur die schicke Uniform davor bewahrte, wie ein pensionierter Pirat auszusehen, lud zum Willkommenstrunk. In silbernen Kübeln stand Champagner bereit. Doch Groenewalds musste einmal mehr demonstrieren, wer das Sagen hat, und seinen teuer bezahlten Managern zu spüren geben, dass sie nicht zum Spaß hier waren. Also sagte er freundlich, aber sehr bestimmt und laut: "Nein, nein, noch keinen

Alkohol – was wir als erstes brauchen ist eine Standortbestimmung, nicht wahr, meine Herren." Und zum Kapitän, der ihn konsterniert und leicht beleidigt anblickte, sagte er knapp, seine goldene Uhr studierend: "In einer Stunde, das heißt, um halb eins, sind wir so weit." Seine Männer nickten folgsam, gaben das leichte Gepäck den hilfreichen Geistern, die es in die Kajüten brachten, während sich die Manager an die schweren Koffer klammerten, die sie voll mit wichtigen und geheimen Papieren wussten und die sie um nichts in der Welt aus der Hand gegeben hätten.

Die Bar der Jacht, sonst Treffpunkt heiterer und zeitvergessener Säufer und schöner Damen, war zum Sitzungszimmer umfunktioniert. Die Polstergruppen waren durch einen langen Tisch ersetzt worden und vor der Bar standen eine Leinwand und eine Flip-Chart und verdeckten schamhaft die Spirituosen in ihren glitzernden Flaschen. Ein großer Goldrandspiegel zeigte den Einmarsch der dunkelblau gekleideten Schar.

Groenewalds setzte sich an die Spitze der Tafel und legte sein Smartphone vor sich hin. Dieses klirrte leise. Groenewalds sah, dass ein Mail hereingekommen war und las mit grimmigem Gesicht. Duchàne würde sich weiter verspäten und erst am Abend an Bord kommen. Der erste, teure Tag auf der Jacht war bereits im Eimer. Doch das war nun nicht zu ändern.

"Meine Herren", Groenewalds musterte den Kreis der Anwesenden mit ausdruckslosem Gesicht, "eben erhalte ich die Mitteilung, dass sich die Ankunft von Herrn Duchàne ein weiteres Mal verzögert. Ich bedaure das sehr. Nun...", sein Ton wurde munterer, "das soll uns nicht von der Arbeit abhalten. Jeder von Ihnen kennt das Problem, jeder ist genügend informiert, um eine Meinung zu haben, wie es zu bewältigen ist. Sie haben heute Zeit, noch einmal sämtliche Gesichtspunkte durchzugehen – gründlich durchzugehen." Das brachte er mit einer seltsamen Betonung hervor. "Ich erwarte von Ihnen, dass morgen jeder ein zehnminütiges Referat hält, indem er eine ganz klare Empfehlung ausspricht. Ich will kein ‚sowohl als auch' hören, sondern eine ganz klare Stellungnahme. Sie haben nun ja genügend Zeit, um sich vorzubereiten."

Die Sitzung war damit vorüber. Sie hatte knappe zehn Minuten gedauert. Und die Manager hatten einen freien Tag. Das Personal wuselte erschrocken herum, als nun plötzlich Champagner verlangt war und es dauerte noch einmal etliche Minuten, bis auch der Kapitän auftauchte, die Krawatte leicht verrutscht und seine kleine Ansprache hielt. Nelson stand an der Reling, sah auf die kleinen Schiffchen, die im Hafen herumtuckerten und genoss das leichte Schaukeln der Sea Birth. Seit Jahren hatte er sich nicht mehr so entspannt und wohl gefühlt. Eigentlich hatte er sich in Europa noch nie richtig wohl gefühlt. Irgend etwas hatte ihn immer unter Druck gesetzt, seit er hier war, etwas, das nicht mit seiner Arbeit zusammenhing. Irgend eine unbenennbare Schwere war immer da. Und Nelson hatte das Gefühl, dass er davon wie von einer Virus-Krankheit infiziert sei. Manchmal fragte er sich, ob es an den Augen der Europäer läge. Ihm schien nämlich, dass sie härter als Amerikaner guckten, dass ihre Blicke wie kleine Steine träfen. Aber dann wieder sagte er sich, dass dies dumme Verallgemeinerungen seien und sowohl die Amerikaner wie die Europäer aus ganz verschiedenen Menschen bestünden, die ganz verschieden in die Welt schauten. Und schnell versuchte er, alles zu vergessen, den Druck und den Virus.

Am Nachmittag ging er mit Mayer in den exotischen Garten. Und Mayer erzählte ihm von seiner behinderten Tochter und wie er sich Sorgen machte für den Tag, wo er nicht mehr da wäre. Er sprach es einfach aus, hier zwischen den dicken Blättern der Sukkulenten, dass er Angst vor dem Sterben habe, nicht wegen sich, wie er betonte, sondern wegen seiner Tochter, die so hilflos war und so sehr an ihm hing. Und Nelson, der nicht vom Tod reden wollte, hängte seine Furcht zwischen die stachligen Blätter der Agaven, spießte sie auf, an ihren Spitzen, marterte sie auf den Stachelbetten der Kakteen und verlagerte sein Gefühl weit hinaus auf das Meer, wo ein durchsichtiger Glanz über den Wellen hing und mit diesen zu tanzen schien.

5

Schon als Junge war Nelson erbärmlich mager gewesen, obwohl ihn seine Eltern mit allem fütterten, was sie hatten. Und das war nicht wenig, denn sie arbeiteten als erfolgreiche Farmer in Ohio, und auf ihren Feldern, und vor allem im Garten der Mutter, wuchs alles was gesund und stark macht. Nelson futterte zwar brav seine Teller leer, immer mit abwesendem Blick, aber es war, als ob sein Körper nichts zurückbehalten könnte.

Vielleicht verbrannte aber auch alles in der Neugier und dem Wissensdurst des kleinen Nelson. Dieser liebte nichts mehr, als zuzusehen, wenn Maschinen auseinandergebaut und gereinigt wurden. Schon als kleines Kind ging er dabei dem Vater hilfreich zur Hand und schon bald erledigte er vieles selbstständig. Als er zwölf war galt er bereits als Genie, denn er kam mit Maschinen zurecht, die selbst den Mechaniker zum Kopfkratzen brachten und dieser war wirklich ein sehr gut ausgewiesener Fachmann. Keiner in der Umgebung konnte mehr seine Fragen beantworten, Nelson war ihnen allen über den Kopf gewachsen.

Später studierte er selbstverständlich technische Wissenschaften, aber weil das seinen Wissensdrang noch nicht stillte, belegte er parallel auch noch deutsch und französisch und schloss alle drei Fächer mit brillanten Examen ab. Dabei hatte er nebenbei auch noch Marketing und Wirtschaftswissenschaften mitgehört.

Aber selbst damit war seine Energie noch nicht erschöpft. Und so bastelte er in einer Hinterhofgarage noch an einem Motorrad herum, das mit einem winzigen Motor und Batterieantrieb eine erstaunliche Leistung erbrachte.

Als er anfing, damit herumzufahren, wollte jedermann ein solches Motorrad, denn es sah anders und lustiger aus als alle Motorräder bisher und hatte einen ganz eigenen Klang, der die Leute begeisterte. Und so baute Nelson, kaum war er mit seinem Studium fertig, eine industrielle Produktion für seine Motorräder auf, die bald einmal Millionenumsätze machte.

Aber auch dieser Erfolg ließ ihn nicht zur Ruhe

kommen. Er sah im Antrieb und beim Akku Verbesserungsmöglichkeiten und fand einen vollständig neuen Ansatz um die Wirksamkeit seines Systems enorm zu verbessern.

Nelson wurde in der Wirtschaftspresse als Genie und Unternehmer der Zukunft gefeiert.

Als ihm ein Weltkonzern ein Angebot machte, verkaufte er seine Firma. Er trat in den Konzern ein, wurde zuerst Leiter eines Forschungslabors und bald danach hatte er Forschung und Entwicklung des ganzen Konzerns unter sich. Es gelangen ihm Neuerungen und Verbesserungen, die seiner Firma einige Verkaufsschlager bescherten, was Nelsons Ruf als Wundertäter festigte. Er war jetzt ein weltweit anerkannter Experte für alternative Motoren.

Wie früher das Essen, so schlug auch das Geld bei Nelson nicht an. Er hätte sich zurückziehen können, eine Farm kaufen oder eine Familie gründen, aber ihn trieb immer noch seine unersättliche Neugier vorwärts. Er war inzwischen ein drahtiger, junger Mann geworden, immer noch dünn und ohne Muskeln, mit dunklem, zurückgekämmtem Haar, schmalen Wangen und einem asketischen Gesichtsausdruck, der aber von seinen glänzenden, aufmerksamen Augen überspielt wurde. Er lebte jetzt in der internationalen Wirtschaftswelt. Als Vertreter einer mächtigen Firma und eines mächtigen Landes lernte er, was zu lernen war. Nach ein paar Jahren fragte ihn Groenewalds an, ob er nach Europa zur Konkurrenz kommen wolle. Und Nelson nahm an, immer noch getrieben von Wissensdurst und Lerneifer, aber auch von einer inneren Leere, der er zu entfliehen hoffte. Die Einsamkeit, die ihn quälte seit er ein Kind war, wurde ihm plötzlich unerträglich und zwang ihn zu diesem Wechsel. Nelson war jetzt verantwortlich für die Entwicklung und Vermarktung eines neuartigen, batteriebetriebenen Autos. Er gab ihm den Namen ‚Eisvogel'.

Nelson war ein kluger Mann und erkannte, dass es außer Technik, Marktmechanismen und Bilanzen noch anderes gab im Leben, aber er wusste nichts damit anzufangen. Lange Zeit war er zu beschäftigt gewesen, um sich zu fragen, ob ihm nicht etwas fehlte. Das Bewusstsein eines Mangels dämmerte ihm erst auf, als sein Erfolg wuchs und er damit zum begehrten Objekt ehrgeiziger Damen wurde. Journalistinnen, die ihn interviewten und die Schwestern und Freundinnen von Geschäftspartnern machten ihm Angebote, die an Deutlichkeit nichts zu wünschen übrig ließen. Und dabei wurde Nelson klar, dass es nicht das war, was er suchte. Und er sagte sich, dass er überhaupt nichts suche und vergrub sich weiterhin in seine Arbeit.

Doch dann passierte es eines Tages plötzlich: Nelson war auf einer Geschäftsreise in einen Jazzclub gegangen. Er hatte, nur ein wenig, in seine Müdigkeit hinein getrunken, aber das war keine Erklärung für das, was dann geschah. Einer der Musiker, ein herrlicher, riesiger Schwarzer mit Augen, in denen die Weisheit des schwarzen Kontinents zu glimmen schien, kam von der Bühne, nahm ihn bei der Hand und sagte: "Du kommst mit mir." Und Nelson ging mit ihm, nicht eingeschüchtert, nicht hypnotisiert, sondern so, als ob es die größte Selbstverständlichkeit und das Gewöhnlichste wäre.

Sie gingen eine schmale, schmuddelige Treppe hinauf, wobei sie sich immer noch an den Händen hielten, Nelson hinter der schwarzen Silhouette seines großen Führers her. Dann kamen sie in eine einfach eingerichtete, aber einigermaßen saubere Garderobe. Der Schwarze drehte den Schlüssel, drückte Nelson gegen die Tür und begann, ihn zu küssen. Dabei umfasste er Nelson mit Armen wie Berge. Und Nelson gab ihm seinen Mund und küsste zurück, als ob er in seinem Leben nichts anderes getan hätte, als sich herrlichen, breiten und bestimmenden Lippen zu überlassen, zuerst abwartend, zögernd, sich dann unterwerfend, sich schließlich steigernd. Er drückte zitternd seinen Körper an den des Hünen und offerierte sich den wundervoll geformten, dunklen Händen, die nun über seinen Körper glitten, diesen streichelten, und ihn weich, gefügig und immer beweglicher machten, indem sie ihn überall berührten. Und Nelson steigerte sich in eine Leidenschaft, von der er bisher nicht gewusst hatte, das sie sich in ihm verbarg, und es war, als ob die ganze, gestaute Lust seines mönchischen Lebens nun in einem einzigen Moment explodieren und sich befreien müsste. Und so weinte er voller Erleichterung, als ihn der herrliche Schwarze endlich auf die Couch warf und vollständig nahm.

Damals war er ungefähr dreißig gewesen und Nelson hatte lange gebraucht, um zu verstehen und zu akzeptieren, dass er ein anderer war, als er zuvor gedacht hatte. Seine Leidenschaft erschreckte ihn noch mehr als seine Unangepasstheit. So vergrub er sich weiterhin tief in die Arbeit und versuchte möglichst zu vergessen.

Nur ganz selten, ganz gelegentlich, erlaubte er sich einen weiteren Ausflug in dieses neue Land, doch es waren immer nur flüchtige Begegnungen mit Unbekannten, an einem unbekannten Ort. Und jedes Mal war er von seiner wilden Leidenschaft zutiefst betroffen. So lebte Nelson vor sich hin, träumte manchmal von dem hünenhaften Schwarzen, und stieg die Karriereleiter weiter hoch.

Und dann erfuhr er, dass er HIV-positiv sei.

6

Als ihm die jungen Ingenieure ihr Projekt vorführten, war Nelson augenblicklich klar, dass sie ein Kolumbus-Ei gelegt hatten. Sie hatten ein Auto entwickelt, das den Antrieb dorthin verlegt hatte, wo er gebraucht wurde, auf die einzelnen Räder. Die vier kleinen Motoren arbeiteten sparsam mit Elektrizität, und diese wurde, und das war die Sensation, aus einem Akku gewonnen, der an Leistung alles überstieg, was bisher möglich war.

"Das ist das Auto der Zukunft", hatte Nelson zuerst seinen Vorgesetzten, Tyler zu überzeugen versucht. Dieser war sich zwar nicht so sicher, wollte aber auch nicht als Verhinderer zukünftigen Erfolges gelten und ermöglichte Nelson eine Präsentation vor Groenewalds. Zufälligerweise war auch Duchàne mit dabei gewesen und das war wahrscheinlich entscheidend, denn er teilte augenblicklich Nelsons Begeisterung.

"Die Autoindustrie muss früher oder später eine Antwort auf die Probleme unserer Welt finden", sagte

Duchàne, "es geht nicht an, dass wir einfach weiterhin fossile Brennstoffe in die Luft jagen, als ob es noch genug davon gäbe und als ob sie nicht den Treibhauseffekt förderten. Auch wenn es sicher nicht leicht ist, eine solche Neuerung einzuführen: Mittel- oder längerfristig wird es ein Erfolg sein. Schon aus geschäftlichen Gründen finde ich es deshalb zwingend, bei diesem Projekt einzusteigen."

Groenewalds hatte Duchàne noch nie so engagiert gesehen. Normalerweise war er die sprichwörtliche Zurückhaltung und hielt sich stets vornehm zurück, hörte sich zwar immer alles konzentriert an, was ihm an geschäftlichen Belangen vorgetragen wurde, nickte aber höchstens dazu oder sprach einen leisen Satz, sozusagen in Groenewalds Ohr. Nun aber hatten sich seine Wangen gerötet und seine Augen blitzten und er klopfte mit dem teuren Füllfederhalter den Takt auf den Tisch zu dem was er sprach und unterstrich damit, wie wichtig ihm das alles war.

Und seine Begeisterung wirkte ansteckend. Groenewalds vergaß alles Taktieren und alle Vorsicht. Plötzlich glaubte auch er, dass in diesem kleinen Auto die Zukunft läge und dass sie sich diese mit dem neuartigen Ökogefährt in die Tasche stecken könnten. Er sah sich bereits schwimmen in einer ungeheuren Erfolgswelle. Und Nelson schwamm mit. Groenewalds tätschelte ihm die Schulter und gratulierte ihm. Und auch Duchàne schüttelte ihm die Hand und sagte, der Tag, an dem Groenewalds Nelson über den Ozean geholt hätte, sei ein Glückstag für die Firma gewesen.

Das Projekt wurde mit großem Druck in Angriff genommen, der ,Eisvogel' innert kürzester Zeit bis zur Serienreife entwickelt. Selbstverständlich ging das nicht ohne Schwierigkeiten. Der Großbetrieb hatte Mühe, sich schnell genug auf etwas wirklich Neues einzustellen. Darum wurde die Entwicklungsgruppe unter der Führung von Nelson ausgelagert. Und es zeigte sich, dass auch neue Produktionsstätten geschaffen werden mussten.

Mayer war ein Technokrat von altem Schrot und Korn und niemand machte ihm etwas vor, wenn es darum ging, ein paar tausend Leute dazu zu bringen, Qualitätsarbeit am Fließband zu leisten. Doch die Elektronik, die im neuen Ökoauto für sparsamen Energieverbrauch verantwortlich war, schüchterte ihn ein. Da gab es keine Schrauben zu drehen und keine Nähte zu schweißen, hier mussten kleine Plättchen eingesetzt werden, die er kaum in seine breiten Hände zu nehmen wagte. Mit anderen Worten, Mayer war nicht der richtige Mann für dieses Projekt und alle wussten es.

Bill Tyler, der als CEO verantwortlich war für sämtliche Operationen der Firma, hätte schon lange gerne einen Teil der Produktion in ein Billiglohnland verlagert. Und diese Idee kam nun wieder zum Zug. Er ließ, selbstverständlich immer in Absprache mit Groenewalds und dem Ausschuss des Vorstandes, eine vollständig neue Produktionsfirma planen und irgendwo im Süden auf einem leeren Feld aufbauen. Und hier sollte nun der ,Eisvogel' auf Band gehen. Fernandez wurde mit der Leitung der Firma betraut, ein Entscheid, der Nelson nicht gefiel. Aber damals wusste er noch gar nicht, wie Recht er mit seinem Unbehagen hatte.

Nach drei Jahren waren sie so weit und es war eine Parforce-Leistung erster Güte gewesen, indem Entwicklung und Aufbau der Produktion parallel durchgezogen wurden. Und dann flog der ‚Eisvogel' in die Welt. Die Presse jubelte und Vorbestellungen stapelten sich bei den Händlern. Ein Riesenerfolg zeichnete sich ab. Tausende der kleinen Flitzer wurden ausgeliefert. Aber dann ging plötzlich nichts mehr: Der Absatz in den USA brach zusammen und endlose Streiks legten die neuen Produktionsstätten lahm. Und das war nicht alles: Ein allgemeiner Einbruch der Wirtschaft ließ auch den Absatz der konventionellen Autos schrumpfen. Auch das Mutterwerk litt und mit ihm alle großen Mitbewerber. Die Verluste stiegen ins Unermessliche, vor allem für Firmen, die aus Hoffnung auf eine goldene Zukunft große Investitionen getätigt hatten.

Groenewalds kochte vor Wut auf sich und die Welt und durfte doch nichts davon zeigen. Gut, die gesamte Wirtschaft steckte in Schwierigkeiten und das Klagen war allgemein. Aber das täuschte nicht darüber hinweg, dass der ‚Eisvogel' flügellahm geworden war, bevor das Wirtschaftsklima gedreht hatte. Irgendwie hatten sie sich verspekuliert. Und wie Salz auf seiner Wunde wirkte die Tatsache, dass es in Amerika eine Firma gab, die Autos wie frische Semmeln verkaufte, die Stella, die ohne große Investitionen so erfolgreich operierte, dass allen Mitbewerbern der Atem stockte. Irgendwie schien sie mit ihrem kleinen Geländewagen den Nerv der Zeit getroffen zu haben, jedenfalls war das ein Renner, während Groenewalds und Tyler auf einem Berg von Autos und von Schulden saßen und nicht mehr wussten, wie sie die Zinsen bezahlen sollte. Zwar war die Firma nicht gefährdet, sie war schlicht zu groß um unterzugehen. Es würde einfach Arbeitsplätze kosten. Aber Groenewalds' Ruf als makelloser Wirtschaftskapitän war gefährdet. Das wollte er nicht dulden.

Groenewalds entschied sich für eine wilde Vorwärtsstrategie. Und damit arbeitete er direkt nach dem Plan von Fernandez. Aber das wusste er nicht.

Und selbst wenn er es gewusst hätte, es wäre ihm wahrscheinlich gleichgültig gewesen, denn er wollte jetzt bloß noch überleben. Imagemäßig – denn finanziell hatte er seine Schäfchen längst im Trockenen.

7

Enrique Fernandez war, trotz seiner fast sechzig Jahre, immer noch ein schöner Mann: schlank, perfekt in der Haltung, das dunkle, vermutlich getönte Haar noch dicht. Er hätte in jedem Hollywood-Streifen den mexikanischen Großgrundbesitzer geben können, denn er liebte es, die Rolle des spanischen Grande zu spielen, obwohl er nicht einmal aus durchschnittlichen, sondern aus miserablen Verhältnissen stammte. Überdurchschnittlich war aber sein Wille gewesen, dieses zu ändern. Und so hatte er es mit viel Arbeitseinsatz und Schlauheit eine Position erreicht, von der sein Vater nicht einmal hätte zu träumen wagen.

Als dort, weit unten im Süden, ruchbar wurde, dass

eine große Autofirma aus dem Norden ein Zweigwerk bauen wollte, setzte er sich sofort mit seinen Freunden auf seiner Bank in Verbindung. "Don Pedro, amigo", sagte er, "an dieser Sache will ich beteiligt sein. Ich werde das dafür notwendige Geld zusammenbringen." Und seine Bank wusste, dass er das schaffen würde, weil er es bisher noch immer geschafft hatte. Er kannte nämlich Leute, die über sehr viel Geld verfügten, sich aber nicht gerne öffentlich mit diesem in der Hand zeigten. Für diese machte Fernandez Geschäfte. So wurde er, mit 20% Beteiligung, Leiter der neuen Produktionsstätte.

Noch bevor diese eröffnet wurde, traf er an einer Konferenz im Mutterhaus auf Ashby, Amerikaner, selbständiger Unternehmer und jenseits des Atlantiks größter Verkäufer von Groenewalds Autos. "Glauben Sie an diesen ‚Eisvogel'?" fragte ihn Ashby mit schwerer Zunge, als sie sich im Nachtclub des Hotels mit etlichen Whiskys auf die Nacht vorbereiteten: "Glauben Sie an Ökoautos?" Und als Fernandez, nicht wissend, worauf der andere hinauswollte, schwieg und die Schulter zuckte, sagte Ashby: "Ich nicht. Ich glaube nicht daran." Dann nahm er einen großen Schluck aus dem Glas und stellte dieses hart auf den Glastisch zurück. "Und wissen Sie warum?" Er schien keine Antwort von Fernandez zu erwarten und sprach gleich weiter: "Weil ich nämlich Ölfelder besitze, darum."

In dem Moment reifte in Fernandez ein Plan und er wusste, dass er in Ashby einen Verbündeten haben würde.

Als der ‚Eisvogel' auf den Markt kam und die ersten

Erfolge verzeichnete, stieß er klammheimlich und mit gutem Gewinn seine Beteiligung am Produktionswerk ab. Das war Phase eins. In einem zweiten Schritt überzeugte er Ashby davon, statt dem kleinen Ökoflitzer den Geländewagen von Stella nach vorne in Schaufenster und Verkaufsräume zu stellen. "Ich glaube, das ist ein kommendes Auto", flüsterte er, als er mit Ashby in Dallas in einem Nachtklub becherte, "ich jedenfalls habe Aktien davon gekauft. Sie sind weit unterbewertet." Und der whiskyselige Ashby wurde blitznüchtern, als er die Implikationen dieses Geschäfts vor sich sah. Weiter wurde kein Wort verloren, aber beide wussten, dass sie Partner waren.

Nelson wunderte sich auf seiner nächsten Reise in die Staaten, dass in Ashbys Verkaufshallen ein seltsamer, kleiner Geländewagen so prominent ausgestellt war. "Ach, das hat nichts zu sagen", beruhigte ihn Ashby, "das hat keine Bedeutung, das ist so ein Ding für ein paar Freaks. Ich habe dem Filialleiter schon gesagt, dass er ihn wieder in den Hintergrund nehmen muss." Und Nelson ließ sich beruhigen, denn noch schien der ‚Eisvogel' auf Erfolgskurs zu sein.

Dann aber, und das war noch vor der Konjunkturflaute, läutete Fernandez Phase drei ein: Streiks. Seine Geldgeber, die sich inzwischen ebenfalls eifrig mit den günstigen Stella-Aktien eingedeckt hatten, pflegten nicht nur Beziehungen zur Finanzober- und unterwelt, sie kontrollierten auch die Gewerkschaften. So war es ihnen ein leichtes, die Produktionsstätten des ‚Eisvogels' lahmzulegen.

Und dann kam der Abschwung der Wirtschaft, Groenewalds kam unter Druck und das gab schließlich dem Projekt ‚Eisvogel' den Rest.

Denn eines der Rettungsszenarios – und niemand wusste mehr, wer es ausgebrütet hatte, aber selbstverständlich war es Fernandez gewesen – eines der Rettungsszenarios war es, den ‚Eisvogel' sterben zu lassen und dafür die Firma Stella zu übernehmen, die so erfolgreich im Bereich von Kleinwagen operierte. Die Firma Stella produzierte zwar in veralteten Fabriken, hatte aber in Europa ein Verteilnetz, das auch für die große Mutterfirma von Nutzen sein konnte, vor allem, wenn man noch den Preis für die Immobilien einrechnete. Stella besaß nämlich Garagen und Verkaufshallen in vielen Städten in sehr guten Geschäftslagen. Die Übernahme der Stella wäre also in jedem Fall ein Riesengeschäft. Und der kleine Geländewagen könnte in den Produktionsstätten des ‚Eisvogels' moderner und günstiger produziert werden.

Nelson wehrte sich mit aller Vehemenz gegen dieses Szenario, nicht unbedingt gegen die Übernahme der Stella, das war ihm eigentlich gleichgültig, aber gegen die Produktionseinstellung des ‚Eisvogels'. "Dieses Auto hat eine Zukunft, das hat es bewiesen", sagte er erregt und fuchtelte mit Zeitungsberichten und Verkaufsstatistiken der Anfänge. "Zwar sind die Umstände im Moment widrig, aber wir verbauen uns unsere eigene Zukunft, wenn wir jetzt aufgeben. Der ‚Eisvogel' hatte noch keine wirkliche Chance, es ist zu früh, ihn zu begraben!"

Und Duchàne stimmte ihm zu. Duchàne, der im Gegensatz zu allen anderen Beteiligten mit seinem persönlichen Vermögen haftete und der einfach zu wichtig, zu einflussreich und zu bedeutend war, um nicht gehört zu werden, Duchàne verteidigte nach wie vor den ‚Eisvogel' und verunmöglichte es damit Groenewalds, sich gegen das Ökoauto zu entscheiden, obwohl dieser eigentlich zu einer radikalen Lösung neigte, um seine Wut über die aufgekommenen Schwierigkeiten zu beschwichtigen.

Und so schritt Fernandez zum nächsten Schritt seines Plans. Und dass die Klausurtagung auf der Jacht stattfand, kam ihm dabei äußerst gelegen.

8

Ein großartiges Buffet mit verschiedensten Brot, Käse und Wurstsorten war aufgebaut. Aus großen Töpfen schimmerten Konfitüren und Honig in Rot- und Gelbtönen. Auf einer großen Silberplatte bildeten frische, tropische Früchte in appetitlichen Happen ein farbenprächtiges Mosaik. Tee, Milch und Kaffee stand in spiegelnden Silberkrügen bereit.

Die Herren saßen beim Frühstück und ließen es sich schmecken. Lachend erzählten sie sich, wie sich das Schaukeln im Bett angefühlt hatte. Duchàne war nun endlich auch zu ihnen gestoßen. Eine Aura der Ruhe, die Reichtum oft mit sich bringt, umgab ihn. Er war ein Herr vom Scheitel bis zur Sohle und keiner wagte auch nur mit der kleinsten Vertraulichkeit an dieser Tatsache vorbeizugehen. Nun betrat der Kapitän in weißer Uniform und heiterster Miene den Salon. "Meine Herren", verkündigte er, vor Wohlwollen fast zerfließend, "ich habe eine Überraschung für Sie: Wir setzen heute Vormittag die Segel."

Das war nun wirklich nicht geplant gewesen. Eigentlich hätte die Sea Birth mit Motorbetrieb der Küste entlang tuckern sollen, während die Manager in der Bar eingesperrt ihre Redeschlachten führen wollten. Aber nun war es nötig, sagte der Kapitän, dass probehalber die Segel gesetzt würden, weil nämlich neu eingesetzte Segel und Taue zu prüfen seien und überhaupt seine Mannschaft regelmäßig üben müsse. Selbstverständlich seien sie herzlich eingeladen, zuzuschauen, ganz wie sie es wünschten, aber jedenfalls sollten sie sich, bitte, vom unteren Deck fern halten, weil die Mannschaft den ganzen Platz für ihre Arbeit brauche und entsprechend für sich beanspruchen müsse.

Die Herren horchten auf und etwas wie freudige Erregung machte sich unter ihnen breit. Groenewalds jedoch war hin- und hergerissen. Noch immer hatte die Eröffnungssitzung nicht stattgefunden und sie waren ja schließlich zum Arbeiten da. Auf der anderen Seite hatte er noch nie ein so großes Schiff unter Segeln gesehen und sein Knabenherz erwachte und machte ihm sehnsüchtige Zeichen, es zuzulassen. "Das ist schon eine seltene Gelegenheit", murmelte er unsicher in der Richtung von Duchàne und dieser pflichtete ihm nickend bei: "Unbedingt, das müssen wir gesehen haben." Damit war die Sache entschieden und Groenewalds verkündete mit fester Befehlsstimme: "Für einmal kommt der Lohn vor der Fron, wir verschieben die Sitzung." Die allgemeine Erleichterung war spürbar und Ashby rief "great, great" in die Runde. Allen schien das Licht, das durch die Spitzenvorhänge drang, plötzlich heller und freundlicher und der Kaffee schmeckte doppelt so gut. Der Kapitän schärfte ihnen noch einmal ein, sich nach hinten ins Heck oder auf Oberdeck zu begeben, damit sie der Mannschaft nicht in die Quere kämen.

Die Kühle der Luft wurde durch den leichten Fahrtwind noch unterstrichen und so drängelten sich die Männer alle an die Reling auf der Sonnenseite des Oberdecks. Nur Ghezzi und Nelson hatten auf den Kissen im Heck Platz genommen, wo sie sich mit ihren dunklen Anzügen etwas merkwürdig ausnahmen. (Es ging noch einen ganzen Tag, bis es die Männer wagten, im Pullover aufzutreten und selbstverständlich hatte Duchàne den Anfang gemacht.)

Und nun bot sich ein Schauspiel von seltener Größe: Die jungen Leute traten zu Schwerstarbeit an und erledigten sie wie ein Ballett. Beschwingt bewegten sie sich gegeneinander und voneinander weg, in einstudierten und harmonischen Bewegungen, die von der herrlichen Takelage der Sea Birth dirigiert wurde. Einige lösten Taue und schienen in Rundungen zu tanzen, andere kletterten die Masten hoch mit einer Sicherheit und Behändigkeit, als ob sie die Luft betreten könnten. Nelson wurde vom Zusehen schwindlig. Er legte sich auf die Kissen zurück um besser nach oben zu sehen und sah nahe über sich den lockigen Matrosen, den er schon am Morgen beobachtet hatte. Konzentriert und in sparsamsten Bewegungen stieg er die Strickleiter hoch, setzte jeden Schritt sorgfältig und sicher und griff mit kräftigen, braunen Händen in die Seile. Er trug einen Ledergurt mit Karabinerhaken und Metallschlaufen um die Taille und mit diesen befestigte er sich an einem Seil, als er nun auf der Rahe nach außen kletterte, um das Segel an den Stellen, wo es befestigt war, zu lösen. Dann rollte die riesige, schwere Leinwand mit Knattern und Grollen nach unten, gebremst von einigen kräftigen Helfern, die sie mit festen Seilen zähmten. Denn schon griff der Wind, kaum spürbar zwar, nach dem Segel und fing an, es zu blähen. Nelson dachte unwillkürlich an Rodeos, wo wild schnaubende Pferde mit Seilen, an denen kräftige Männerarme rissen, hinunter und zur Räson gezwungen wurden: Elementarkraft durch Muskeln gebändigt, gedemütigt für einen höheren Zweck.

Überall geschah gleichzeitig das Gleiche. Athletische Figuren kletterten in eleganter Leichtigkeit an den Masten und Rahen herum und wie Theatervorhänge rauschten die Segel nach unten und wurden behände festgezurrt. Taue schlugen mit dumpfem Ton gegen Taue, Holz und Boden. Metall klickte. Aber sonst geschah die Arbeit fast ohne Laut. Kein Zuruf unterbrach, kein Fluchen störte. Wie in einer Pantomime kannte jeder seinen Part, jeder Handgriff saß. Und in erstaunlicher Geschwindigkeit war aus dem dürren Wald der Masten und Taue ein herrlicher weißer Segler geworden, dessen riesige Segelflächen sich nun im Winde blähten.

Und nun erhob sich ein Singen von seltsamer Qualität. Ein dunkles Brausen war es, nicht laut, aber von einer eindringlichen Schönheit. So mussten die Sirenen gesungen haben, an denen Odysseus nur mit verstopften Ohren vorbei konnte. Das war der Ton, der die Schiffer am Felsen der Loreley in den Tod gelockt hatte. Der Wind, der Gesang des Unsichtbaren, die Stimme Allahs, wie die Sufis sagen, erfüllte den Raum mit ehrfurchtgebietender Präsenz. Die Männer wurden melancholisch und gleichzeitig seltsam aufgeregt. Ein Fernweh schien sie zu packen, ein Wunsch nach Aufbruch, nach Abenteuer, nach einem anderen Leben. Das Sausen des Windes ergriff von ihnen Besitz, erinnerte sie dumpf an andere Möglichkeiten, an Heldentaten, Odysseen, Entdeckungsreisen, Eroberungen, an Katastrophen und heldischen Untergang. Eine Sehnsucht nach Aufbruch zog durch ihre Seelen. Der Wunsch nach Weggehen ohne Wiederkehr. Sie spürten in sich die Kraft des ersten Menschen, der es gewagt hatte, hinauszufahren, in einem Einbaum vielleicht, vielleicht auf einem Floss, ungesichert jedenfalls wie ein Ei ohne Schale. Sie spürten in sich die Versuchung, ihre Kraft an der des Meeres zu messen und an ihm zu scheitern. Zu allem waren sie bereit für einen einzigen Blick in die Unendlichkeit, und es war ihnen gleichgültig, ob es überhaupt ein anderes Ufer gab, jenseits von dem, das sie zu verlassen bereit waren.

Aber der Augenblick verging und die Realität kehrte zurück, unter Anleitung von Groenewalds. Zwar hatte auch der Vorstandsvorsitzende alle Mühe, sich von dem Singen der Segel loszureißen, zwar war auch ihm, als ob es noch anderes gäbe, das Beachtung im Leben verdiene, aber er überhörte sein inneres Seufzen und rief sich und damit auch die andern zur Pflicht zurück. "Tja, meine Herren", sagte er überlaut, während der

Wind das weiße Traumschiff direkt auf die Scheibe der Sonne zu trieb, "das war es dann wohl. Dann wollen wir uns jetzt an die Arbeit machen." Und so rissen sich alle los und gingen folgsam in die Bar.

9

Die Sitzung hatte nichts Neues erbracht, aber Stunden gedauert. Jeder nahm seinen bereits bekannten Standpunkt ein, war mehr für das eine und weniger für das andere. Zwischendurch wurden Sandwiches gereicht. Und dann war es, Gott sei dank, Abend. Zeit um Hinauszugehen und auf das Meer zu schauen, das sich schon zu entfärben begann, Zeit, um den Körper zu bewegen, wenigstens drei vier Mal um die Aufbauten herum, Zeit auch für den entspannenden Alkohol.

Nach dem Nachtessen, das sehr gepflegt und köstlich gewesen war, trafen sie sich in der Bar, die von den Spuren der nachmittäglichen Arbeit gesäubert war. Der Kapitän war ebenfalls da und erwies sich als sehr guter Kunde seines Barkeepers, der geschickt und flink hinter der Theke hantierte und vergeblich versuchte, sein Können an den Mann zu bringen. Aber exotische Drinks waren nicht gefragt, die Männer hielten sich an Whisky und Gin Tonic und blieben auch im Gespräch bei den konventionellen Themen Golf, Politik, Familie, Geschäft. Und erst als sich Groenewalds und Duchàne, früh übrigens, in ihre Kabinen zurückgezogen hatten, waren zögernd die ersten Lacher und ein paar lockere Sprüche über Frauen zu hören. Dann beschlossen

Tyler, Ashby, Ghezzi und der Sekretär, ein Karten-spielchen zu machen.

"Ja, ja", sagte der Kapitän, mehr zu sich selber als zum Barkeeper, "in einer so kleinen Gesellschaft und ohne Frauen kommt keine Stimmung auf." Er stützte sich schwer auf die Theke, leerte sein Glas und hielt es dem Barkeeper wieder hin. Trübe blinzelte er in die aufgereihten Flaschen und sah dahinter ein Teil seines geröteten Gesichts im Spiegel. Er besah das, was sich da spiegelte und es gefiel ihm nicht. "Die Zeit vergeht zu schnell", murmelte er. Dann fiel ihm etwas ein und sein Gesicht erhellte sich. "Meine Herren", sagte er plötzlich in den Raum, in dem außer der dezenten Un-terhaltungsmusik nichts zu hören war, "ich biete ihnen jetzt eine 1a-Unterhaltung, Omar, den besten Chirolo-gen in diesen Breitengraden!" Und er befahl den Bar-keeper, diesen sofort herzuholen.

Die Männer reagierten mit Befremden. "Was soll das sein?" fragte Fernandez. Ashby rief laut: "Das ist doch alles Quatsch!" Aber der Kapitän ließ sich nicht beir-ren. "Probiert ihn aus", rief er den Spöttern entgegen, "probiert ihn aus. Und ihr werdet staunen." 'Und ganz still werden', fügte er für sich, unhörbar, hinzu. Und Mayer begann zu erzählen, wie ihm eine Zigeunerin in Athen ganz genau vorausgesagt hatte, was mit seiner Tochter geschehen würde. Und selbstverständlich hätte er ihr kein Wort geglaubt, aber inzwischen sei es ihm vergangen, über solche Dinge zu lachen.

Nelson saß in der Ecke eines grün gepolsterten Sofas. Er hielt ein Glas in der Hand, das seine Finger kühlte. Und die Kälte breitete sich in seinem Körper aus und lähmte ihn. Er fühlte sich wie ein Reptil, das in einer Atmosphäre gefangen war, in dem es sich nicht mehr bewegen konnte. Die Luft im Raum schien aus Glas zu sein, durch das er seine Kollegen sich bewegen sah wie Figuren in einem Film. Er sagte keinen Ton, hatte auch gar nicht das Bedürfnis, irgendwie teilzunehmen. Er versuchte nicht, zu verstehen. Er war nur einfach da, beobachtete alles und wusste: Gleich geschieht etwas. Denn noch immer hatte diese seltsame Lethargie, die er kannte, seit er ein Kind war, ein besonderes Ereignis in seinem Leben angekündigt. Die Lähmung, die ihn so plötzlich befallen hatte, würde verschwinden, genau in dem Augenblick, wenn das Ereignis einträfe und wie eine Bombe das Glas der Erstarrung in einem Moment ungeheurer Gewalt zertrümmern würde. Und dann würde, wie immer, ein Strom von lebendiger Farbigkeit auf ihn einstürmen. Und er würde wieder wissen, warum er lebte und was zu tun sei.

So saß er vertrauensvoll und wartete. Und als sich die Türe öffnete und einen Schwall kühler Nachtluft hineinfloss, wusste er: Jetzt ist es. Und dann zersplitterte alles vor seinen Augen, als er die schwarzen Locken von Omar sah.

Der junge Mann betrat unbefangen den Raum und ging zum Kapitän an der Bar. Sein Gang strahlte eine animalische Selbstverständlichkeit aus, federnde Weichheit kombiniert mit zäher Kraft. Die gerade Haltung mit den offenen Schultern signalisierten Angstfreiheit. Er war ganz in weiß gekleidet, in bequemen Baumwollhosen, Sweatshirt und Stoffschuhen, was seine getönte Haut noch dunkler erscheinen ließ. Ein Funkeln ging

von seinen Augen aus. Er lächelte und schien unbe-
kümmert.

Der Kapitän klopfte ihm freundschaftlich auf die
Schultern und offerierte ihm einen Drink. Der Barkeeper schien seinen Geschmack zu kennen, denn er stellte bereits unaufgefordert einen Pastis vor ihn hin,
grünliche Fenchelmilch, die nun hinter Omars Hand
verschwand, als er das Glas hob, sich umdrehte und
den Herren im Raum zutrank. Nelson, der alles genau
beobachtete, sah, dass diese Drehung eine unsichtbare
goldene Spirale auslöste, die den Körper des jungen
Mannes umfing.

Omar wandte sich an Brauer, der mit Fernandez direkt vor der Theke an einem kleinen Tischchen saß.
"Es ist Ihnen also ein bisschen langweilig, meine
Herrn?" Seine Stimme war erstaunlich tief und brachte
die Luft zum Vibrieren. "Vielleicht kann ich abhelfen.
Ich werde Ihnen Ihr Leben erzählen und ich hoffe
nicht...." er machte eine Kunstpause, "...dass das langweilig ist." Dann lachte er mit weißen Zähnen wie ein
Lausbub.

Er ging zu Brauer, setzte sich in einen Sessel und
nahm die Hand des Bankers. Sein Gesicht wurde ernst
und konzentriert. "Oh", sagte er, "Ihr Leben ist
schwer." Brauer machte ein betroffenes Gesicht. "Ich
sehe Kisten und noch mehr Kisten voller Gold. Der
schwerste Goldschatz des Jahrhunderts." Und Omar
lachte wieder sein Lausbubenlachen. Brauer war erleichtert und aufgeregt zugleich und wollte noch mehr
wissen. Doch Omar nahm Fernandez' Hand, stutzte
einen Moment und sagte, mit einer steilen Falte auf der

Stirn: "Sie sind ein gefährlicher Mann, das wissen Sie. Klug und gefährlich. Und Sie lieben gefährliche Spiele."

Fernandez hatte sich in seinem Sessel weit zurückgelehnt und hörte amüsiert und geschmeichelt zu. "Ich hoffe, es gehört zu Ihrem Berufsgeheimnis, dass Sie keine Details verraten", meinte er herausfordernd und warf Omar einen seltsamen, prüfenden Blick zu, der Nelson nicht entging.

Omar ging nun zu den Kartenspielern am Tisch, denen sich Mayer als Zuschauer zugestellt hatte und sagte jedem irgend etwas Verblüffendes aus der Hand. Tylers Haus am See wurde erwähnt und Ashbys rothaarige Frau, und alle fragten sich, ob sich hier jemand einen Scherz mit ihnen erlaubte, bis Omar von einer Knieverletzung von Mayer sprach, von der noch nie jemand gehört hatte. Da wurden sie alle nachdenklich.

Als Omar schließlich Nelsons Hand nahm, machte er nur eine kurze Bemerkung über die Ungewissheit der Zukunft. Und dann flüsterte er geschickt, so dass keiner etwas merkte, in Nelsons Ohr: "Ich muss Sie privat sehen." Und Nelson nickte unmerklich.

10

Die besten Kabinen lagen unter Deck, weil jedes Schiff sich an seinem Schwerpunkt am wenigsten bewegt. Nelson wusste nicht, wieso er die Ehre hatte, an dieser bevorzugten Lage zu logieren und er fragte auch nicht nach. Seine Kabine glich einem Hotelzimmer der Jahrhundertwende. Das Bett war mit rosa Satin bezo-

gen, die Wände in weiß und Gold erinnerten an Roko-
ko, erleuchtet von kristallbehangenen Wandlampen in
Kerzenform. Ein verschraubtes Bullauge bildete einen
seltsamen Kontrast. Vor einem Kamin mit falschem
Feuer, über dem ein riesiger Goldrandspiegel hing,
stand ein rosa Sessel mit gebogenen Beinen. An der
Decke hing ein Kristallleuchter. Ein Früchtekorb auf
dem Kaminsims vervollkommnete das Bild.

Das Badezimmer war verhältnismäßig eng, enthielt
aber alles, was ein verwöhnter Gast braucht. Und hier
nun stand Nelson, wusch sich die Hände und musterte
sich. Sein Gesicht war schmal, ja fast hager. Unter einer
hohen, geraden Stirn verschwanden die dunklen Augen
in tiefen Höhlen, wo sie lebhaft mit seltsamem Licht
glommen und mit lebhaften Blicken nach allem griffen,
was sich in der Umgebung anbot. Das Haar war füllig,
dick und sauber nach hinten gekämmt, dunkle Schatten
auf den Wangen ließen auf einen starken Bartwuchs
schließen. Die Ohren lagen wohlgeformt und schmal
am Kopf.

Nelson seifte sich die großen Hände ein. Gedanken-
verloren drehte er die Seife wieder und wieder, bis sich
große Schaumflocken bildeten, die schwer ins Lavabo
fielen. Wieder wollte ihn die seltsame Lethargie ergrei-
fen, aber er wehrte sich, indem er nun die Hände kräftig spülte und mit hartem Reiben des Frottiertuchs
trocknete. Dann nahm er etwas von seinem Rasierwas-
ser und rieb sich damit Hals und Wangen ein. Die
Kühle des Alkohols weckte ihn. Er fühlte sich plötzlich
munter.

Und da klopfte es auch schon und die Tür öffnete

sich, noch bevor Nelson rufen konnte. Omar glitt ins Zimmer.

Nelson sah ihn durch die offene Türe hinter sich im Spiegel. Einen Moment zögerte er, das Badezimmer zu verlassen. Doch er wusste, dass es keine Wahl gab.

Omar hatte sich aufs Bett gesetzt und zeigte einladend auf den Sessel, als ob dies sein Zimmer wäre. Nelson setzte sich, noch immer mit einer Leere im Kopf.

"Mögen Sie unser Schiff?"

Die Situation war lächerlich. Omar tat so, als ob es das Normalste wäre, in ein fremdes Zimmer zu gleiten und sich dort aufs Bett zu setzen. Nelson brachte es nicht über sich, auf seinen Ton einzugehen. Er sah ihn einfach groß an und sagte nichts.

Omar schien es nicht zu stören. Er lehnte sich unbefangen zurück und sah im Zimmer umher. Er schüttelte den Kopf. "Sie haben wirklich einen seltsamen Geschmack, diese Schiffseigner." Dann sah er auf seine Hände und betrachtete sie genau. Sie waren wunderbar geformt, spatelförmig mit glatter Haut und kräftigen Fingern. Sie schwiegen beide. Dann sah Omar auf und blickte Nelson gerade in die Augen. Er sah nun sehr ernst und traurig aus. Sein Blick schien um etwas zu bitten.

"Warum sind Sie gekommen?" Nelson kam es so vor, als ob er eine Rolle sprechen würde, die er vor langer, langer Zeit gelernt hätte.

Omar sah erleichtert aus, so als ob er auf diese Frage gewartet hätte. "Aus zwei Gründen."

In diesem Moment erschütterte eine Woge das

Schiff. Es krachte in den Wänden. Ein Apfel fiel aus dem Fruchtkorb. Nelson schwankte in seinem Sessel. Eine Welle von Übelkeit zog durch seinen Körper. Doch dann beruhigte sich wieder alles.

"Ich sah Unglück in Ihren Händen."

Nelsons Augenbrauen hoben sich kaum merklich. "Und zweitens?" fragte er.

"Zweitens", sagte Omar, "weiß hier jemand sehr viel über Sie und bezahlt mich dafür, noch mehr zu erfahren."

Nelson zog hörbar die Luft ein. Das hatte er nicht erwartet.

"Und warum sagen Sie mir das?"

"Ich glaube nicht an die Lüge."

Nelson stand auf und holte eine Flasche und zwei Gläser aus dem Schrank. "Trinken Sie mit?"

Omar lächelte. "Immer."

Nelson zitterte nicht, als er einschenkte, obwohl ihn die Absurdität der Situation aus der Fassung gebracht hatte. Er setzte sich wieder.

"Wer ist es?"

Omar zuckte die Schultern. "Das kann ich nicht sagen, schließlich ist er mein Auftraggeber."

Nelson musste lachen und Omar lachte mit. In diesem Moment wussten sie, dass sie sich liebten.

"Und das Unglück?" fragte Nelson heiter.

Omar griff nach seiner Hand, öffnete sie und strich sanft über Nelsons Handfläche. Es war eine Liebkosung.

"Es ist schlimm", flüsterte Omar und seine Augen brannten. Wieder strich er über die Hand und zeichnete mit dem Zeigefinger die wichtigsten Linien nach. "Es ist sehr schlimm." Er küsste die Hand, die sich leise bog, in die Handfläche, und legte sie dann an seine Wange. Seine Augen waren geschlossen. "Ich sehe den Tod."

Nelson spürte die Angst in sich einschießen. Er riss sich los und machte erregt die wenigen Schritte, welche die engen Raumverhältnisse zuließen. Er blieb stehen, vor sich die Wand. Mit der Faust schlug er heftig dagegen, so dass die Kristalltropfen der Lampe klirrten. Der Schmerz in der Faust brachte seine Besinnung zurück. Er drehte sich und machte wieder die vier Schritte und stand nun vor Omar.

"Ist das Teil deines Auftrags?" fragte er hart.

Omar starrte ihn verständnislos an. Nelsons Wut machte ihn betroffen. Endlich begriff er. Er stand auf, lachte und sagte: "Klug gedacht, Partner." Dann wurde sein Gesicht wieder ernst. Er sagte nichts, verteidigte sich nicht. Er schaute nur einfach mit seinen dunklen Augen in Nelsons dunkle Augen. Eine unerträgliche Spannung baute sich zwischen ihnen auf, die keinem auch nur die kleinste Bewegung erlaubte. Und es war, als ob sie ewig so versteinert einander gegenüber stehen müssten, unfähig auch nur mit einem Muskel zu zucken. Da wurde das Schiff plötzlich wieder von einer Woge gehoben und schräg gestellt. Nelson verlor sein Gleichgewicht.

Und dann lagen sie sich in den Armen.

11

In dieser Nacht schliefen sie nicht zusammen, aber sie redeten und redeten bis der Morgen graute. Sie lagen auf dem Bett, unter der rosaroten Satindecke, eng aneinander, und wollten nicht nur den Körper des andern, sondern seine Persönlichkeit, sein Wesen, seine Seele fühlen und kennenlernen.

"Sag nichts", sagte Omar, "sag nichts. Ich erzähle dir dein Leben." Und er nahm Nelsons Hand, betastete und besah sie gründlich.

"Deine großen Hände sagen mir, dass du geduldig, gründlich und unermüdlich bist. Die eckigen Fingerkuppen und die quadratischen Nägel zeigen, dass du technisch begabt bis und klar denkst." Und Nelson nickte. War es nicht so, dass er schon als Kind keine Schrauben und Rädchen sehen konnte, ohne rastlos darüber nachzudenken, welche Art von Maschine er daraus bauen könnte. Hatte er nicht als Junge schon eine Serie von Go-Karts gebaut, die seine ganze Umgebung in Erstaunen versetzte?

"Dein langer Daumen und deine starke Kopflinie stehen für deinen Ehrgeiz und deine Durchsetzungskraft." Dabei zeichnete Omar mit spitzen Zeigefinger sanft die in der Mitte der Hand liegende Linie nach. "Schau diese aufwärtsgehenden Äste!" Omar lachte. "Du bist wirklich nicht zu bremsen. Dabei, das zeigen deine Fingerglieder, bist du sehr, sehr intelligent."

"Woran willst du denn das sehen?"

"Guck, deine Fingerglieder sind ganz gleichmäßig, alle gleich lang und schön ausgebildet. Das macht es."

"Und wie sieht denn das bei dir aus?" Nelson nahm Omars Hand. Er streichelte zuerst den Handrücken und fast war ihm, als ob er eine Kraft spüren könnte, die sich von dieser Hand in seine übertrug. Er betrachtete die Knöchel, die Sehnen, die etwas grobporige Haut und die fächerförmigen Fingernägel. Dann drehte er den Handteller nach oben. Omars Innenhand strahlte Ruhe und Harmonie aus. Es gab nur drei Linien, aber diese waren fest und tief eingegraben. Die Haut glänzte leicht und war warm. Und auch die Fingerglieder waren sehr schön gebildet.

"Ja, ja", sagte Omar, "ich bin auch sehr intelligent." Und dann lachten sie und fielen einmal mehr über einander her, um sich zu berühren, zu pressen, mit mehr oder weniger Druck aneinander zu reiben, sich mit Fingerkuppen und Lippen zu erkunden.

"Erzähl mir noch mehr", sagte Nelson, als sie sich wieder beruhigt hatten. Omar legte zuerst Nelsons Hand flach auf sein Gesicht, bevor er wieder anfing, sie zu betrachten.

"Du hast ein sehr schönes, großzügiges, weites Herz. Ich liebe dieses Herz. Und du bist zu sehr großer Leidenschaft fähig. Das weiß ich allerdings auch ohne deine Hand." Nelson wusste nicht, ob er sich überrascht oder geschmeichelt fühlen sollte. "Allerdings ist dieses Herz auch sehr empfindlich. Ich glaube nicht, dass du je sehr glücklich warst."

War Nelson je glücklich gewesen? Hatte er es sich je gefragt? Nelson dachte nach und zwei Linien bildeten sich zwischen Mund und Nase. Doch, er war glücklich gewesen, damals, als sein erstes Motorrad fuhr. Auch als er seine Firma verkaufte und sich plötzlich sagen konnte, dass er jetzt reich sei. Gut, die Jahre als Marketingleiter in Detroit waren zwar interessant gewesen und er hatte viel gelernt, aber glücklich hatten sie ihn tatsächlich nicht gemacht. Hingegen war wieder so etwas wie Glück aufgekommen, als er den Vorstand vom ‚Eisvogel' überzeugen konnte, als ihm die Entwicklung und dann die ganze Abteilung anvertraut wurde und als sich die ersten Erfolge abzeichneten. Es war ein Hochgefühl gewesen, zu wissen, man hatte die Karte in der Hand, die das Spiel in der Zukunft entscheiden würde. Ganz abgesehen davon, dass es angenehm ist, wenn einem alle zu dem gratulieren, was man tut. Aber das war ja nun vorderhand einmal vorbei.

"Du warst vor allem als Kind sehr verunsichert. Du musst sehr einsam gewesen sein."

Nelson zog Omars Kopf auf seine Brust, damit dieser sein Gesicht nicht sehen konnte. Eine riesige Trauer erfasste ihn. Mein Gott, das war wahr, er hatte sich immer als Fremdling gefühlt und weder die andern noch sich verstanden. Er hatte versucht, wie sie zu sein, aber es war ihm einfach nicht gelungen. Immer wieder hatten sie ihn überrascht und erschreckt. Er wusste niemals, was sie als nächstes tun würden. Er verstand weder, wenn sie ihn lobten noch tadelten. Er war tatsächlich entsetzlich einsam gewesen. Nur eine einzige Schiene gab es, wo er sie und sie ihn verstanden: Das waren seine kleinen Maschinen gewesen. Mit seiner technischen Geschicklichkeit, das wurde mit den Jahren immer klarer, konnte er ihre Anerkennung erringen. Dann waren sie wenigstens nicht feindlich und ließen ihn gewähren. Und so hatte er sich ganz darauf konzentriert.

"Wieso weißt du das alles?" fragte Nelson schließlich mit dumpfer, rauer Stimme. Und Omar antwortete, undeutlich, weil Nelson sein Gesicht immer noch auf seine Brust drückte: "Das ist alles in deiner Hand."

Nelson brauchte wieder eine ganze Weile um das zu verdauen. Dann fragte er mit noch heiserer Stimme: "Und das, was du vorher gesagt hast, das vom Tod, steht das auch in meiner Hand?"

Nun hatte sich die heitere, verspielte Stimmung vollständig verflüchtigt und etwas, so dicht und schwer wie Blei legte sich in den Raum. Omar befreite sich von Nelsons Griff, setzte sich auf und kam mit einem schnellen und eleganten Schwung auf die Knie. Nun kniete er vor Nelson, der halb aufgerichtet in den Kissen lag. Ihr Gesicht lag auf gleicher Höhe und Omar suchte den Blick des andern. Er schien bleich zu sein und seine Augen brannten, hart und schwarz.

"Nein", sagte er, "das ist nicht in deiner Hand. Aber ich spüre es immer, wenn einer am Sterben ist, weil er nicht leben kann." Er fuhr sich mit den Fingern über die Nase und rieb dann fest seine Stirn.

"Das ist wie ein Fluch auf mir", sagte er leise. "Und bei dir...bei dir spürte ich einfach, dass ich dich nicht gehen lassen will."

12

Wie die Wellen eines unendlichen Meeres liegen sie hintereinander und ihre Farben wechseln mit dem

Stand der Sonne. Am frühen Morgen sind sie fahlweiß und der Himmel über ihnen ist leer. Mit der aufgehenden Sonne werden sie pfirsichfarben um sich am Mittag in glitzerndem Gleißen zu räkeln, so hell, dass man die Augen schließen muss. Am Abend dann sind sie bernsteinfarbig und in ihren Schatten, die am Mittag noch schwarz wie Löcher waren, kuschelt sich poröse Dämmerung. Der Wind rippelt sie, oder schleift ihnen messerscharfe Kanten. Manchmal wirbelt er dabei kleine Wolken auf. Und wenn er aufdreht, und zum Sturm wird, dann wühlt er sie auf, lässt sie zerfließen und bis in den Himmel steigen, so dass alles schwarz wird und keiner mehr weiß, wo oben und unten ist, während die Zähne knirschen.

Omar liebte das Auf-und-Ab der Dünen. Er liebte die Sanftheit der Formen und das Spiel der Farben. Aber er wusste genau, dass die Wüste ein Monster war, das Lastwagen wie Tabletten schluckte und ganze Karawanen fraß. Das weiche Rieseln des Sandes in der Hand täuschte, auch das Lustgefühl, wenn Sand lauwarm zwischen den Zehen heraufquoll, die Wüste war ein menschenfressendes Ungeheuer, in ihrer beständigen Sanftheit heftiger als ein Bergsturz, in ihrer ununterbrochenen Beweglichkeit starrsinniger als Beton.

"Sie ist wie die Zeit", pflegte seine Mutter zu sagen — ach, seine Mutter, mit den schön bemalten Händen — "sie tut in jedem Augenblick so, als ob sie stillstände, aber in Wirklichkeit zernagt sie alles. Alles." Und sie machte eine Gebärde mit den Händen, als ob sie sagen wollte: 'Schau mich an, was hat sie aus mir gemacht.'

Omar war ein Kind dieser Wüste, mehr noch vielleicht als das Kind seiner Mutter. Er war im Zelt geboren worden, nicht in die Welt hinein, sondern in die Wüste. Und er liebte ihre Kargheit und ihre Steinigkeit, ihre Leere und ihren Himmel wie sich selbst, wie seinen Körper, den er als einen Teil von ihr verstand. Am meisten aber liebte er die Ränder der Sandwüste, wo sich die Dünen, wie die Pfoten von fetten Katzen, über das Land schoben, um nach etwas zu angeln, das ihnen eigentlich nicht gehört.

Er hatte sie durchzogen, mit seinem Vater, dem große Karawanen gehörten, von Norden nach Süden, von Osten nach Westen. Er kannte jede Oase, jeden dieser staubigen Flecken, in denen sich unter dem Schutz von Palmenwäldern ein Grün entfaltete, das die Augen schmerzte. Niemand kannte wie er die Freude, nach Tagen oder Wochen der Leere einzuziehen in diesen Ort des Lebens, wo Ziegen meckerten, verschleierte Frauen mit Krügen auf dem Kopf majestätisch zum Brunnen schritten und wo aus dem geheimnisvollen Dunkel der Lehmhäuser herrliche Essengerüche strömten. Wie er sie liebte, diese Orte, wo die Wüste plötzlich eckige Formen annahm und Tore und Paläste formte, aus dem immer gleichen Braun des Bodens, so unwahrscheinlich wie eine Fata Morgana. Ganze Geflechte von Gebäuden erhoben sich unmittelbar aus der vorher leeren Erde, bildeten eine Gestalt mit seltsamem Leben, in dem sich Körper und Säfte durch klar gelegte Kanäle bewegten, in einem unerklärten, aber klar funktionierenden Zusammenhang. Und nachts die Sterne über den Dachterrassen, die Gesänge, die sich erhoben, das Keifen der Flöten, das Donnern der

Trommeln. Die Pfeife, mit dem würzigen Kraut. Der Tanz, die Ekstase der Körper. Und dann das Eindringen im Dunkeln, verschämt zwischen Tüchern, heftig und wiederholt, noch einmal, noch einmal, gleichgültig ob Mann oder Frau, wenn es nur diese Berührung gab, dieses hastige Greifen nacheinander, dieses gierige sich Betasten, dieses warme Leben zwischen den Händen, dieses Eindringen ins Dunkel. So wusch man sich die Leere der Wüste aus der Seele, so wurde man wieder Mensch.

Bis zum nächsten Aufbruch in der Kälte des Morgens, der Geruch der Nacht noch an den Händen, aber das schreckliche Schreien der Kamele im Ohr. Und dann wieder das Gefangensein im eigenen Körper, mechanisches Gehen, bis man den Schmerz nicht mehr spürte, das Dörren in der Sonne, bis nur noch ein ganz kleines Stück von einem übrig war, das wusste, daß man noch lebte, der Sand, der wie mit Messerchen in jedes Stückchen Haut schnitt, das nicht verhüllt war. Und dann die Farben: Das Flimmern des Lichts über den Felsen, die violetten Schatten der Gebirge, die Helligkeit, vor der man als Wesen verblasste, diese Helligkeit, die die Seele auffraß bis man nicht mehr vorhanden war und aufging in einer Seligkeit, die nicht die eigene war, das Licht, das alles enthielt und einen selbst zur Leere machte, bis die Wüste verschwand, die Welt verschwand, Omar verschwand.

Als Omar in die Stadt zur Schule kam, bedauerte er nichts. Nur die bemalten Hände seiner Mutter, die vermisste er. Sonst aber wusste er, er war einer Geliebten entronnen, die ihn zerstört hätte. Wenigstens auf

Zeit war er frei. Er genoss die eine ungewohnte Unbe-
kümmertheit.

Er war ein brillanter Schüler. Er lernte spielend, sowohl die Stoffe, die die Lehrer vor ihm ausbreiteten,
wie auch das städtische, westliche Leben. Wie ein
Chamäleon passte er sich an, trug Jeans und das Leib-
chen mit dem Krokodil, besaß das Feuerzeug mit dem
richtigen Klick, las die Journale, die man gelesen haben
musste und sah die Filme, die man gesehen haben
musste. Er erhielt ein Stipendium für Paris.

Er akzeptierte ohne zu zögern. Nur, ach die schönen
Hände seiner Mutter würden ihm fehlen. Er kniete
noch einmal vor ihr, wie früher so oft und wie jetzt
schon so lange nicht mehr, und legte seinen Kopf in
ihren Schoss. Und sie streichelte ihn und steckte ihre
Finger mit den herrlichen, geometrischen Mustern
durch seine Lockenkringel, sie zauste sein Haar und
massierte seinen Nacken und sah ihn mit ihren dunklen, sonst so scharfen Augen zärtlich an. "Sei nicht
traurig", sagte sie leise, "sei nicht traurig. Vergiss nicht
das Licht der Wüste. Es wird dich zurückbringen. Du
wirst vielleicht nicht mehr der Gleiche sein, doch du
wirst wiederkommen. Ich weiß es."

Und Omar glaubte, dass sie Recht hatte. Aber vielleicht war es gerade das, was ihn schwermütig machte.

13

Am nächsten Morgen kämpfte Nelson wie ein Ber-
serker für sein Ökoauto. Die Sitzung wurde von Groe–

newalds eröffnet, in englischer Sprache, wie es die internationale Runde erforderte. Er übergab das Wort nach ein paar einleitenden Sätzen an Brauer. Dieser sagte, dass sich die Banken und übrigen Geldgeber größte Sorgen machten und dass es nur eine Frage der Zeit sei, bis sich dies auf die Börsenkurse und die Kreditkosten auswirken würde. "Vertrauen ist das A und O unseres Geschäftes", hatte er gesagt und angemerkt, dass dieses einem rapiden Verfallsprozess unterworfen werde durch die sorglose Art, wie in dieser Firma im Moment mit dem Geld umgesprungen würde.

Ghezzi hatte darauf einmal mehr aufgelistet, wie sich die dreistelligen Millionenverluste zusammensetzten und Tyler hatte gezeigt, wo sie bisher bereits wie viel eingespart hatten. Er sagte, mehr sei einfach nicht zu machen, ohne den angestammten Bereich zu gefährden. Und Mayer bestätigte, dass es in seinem Bereich nichts mehr zu rationalisieren gäbe.

Um den Tisch herrschte mehr oder weniger ratloses Schweigen. Nur der farblose Jacobson tippte beflissen in sein Notebook Notizen für sein Protokoll. Er hatte es gut, er war der einzige, der wusste, was er zu tun hatte.

Nun wandte sich Duchàne in seiner beherrschten, vornehmen Art an Ashby. "Mr. Ashby", sagte er mit gepflegtestem Oxford-Akzent, "könnten Sie uns bitte einmal sagen, wie Sie die Chancen auf dem amerikanischen Markt beurteilen?"

Ashby setzte sich breiter hin und lehnte sich nach vorn. Er kratzte sich kurz an der Schläfe und legte dann seine Hände zusammen und schaute vor sich auf den Tisch, als ob er vom Fernsehen interviewt würde.

"Noch ist keine Trendwende abzusehen", sagte er langsam. "Die Amerikaner sind in einer konservativen Phase. Sie kaufen entweder überhaupt nicht oder dann aber immer nur das, was sie schon kennen."

"Wie ist das denn mit dem Geländewagen von Stella?" fragte Fernandez schnell dazwischen.

"Ja, das ist wie ein Wunder, der läuft und läuft. Er ist die Ausnahme, die die Regel bestätigt. Und das weltweit."

Da fuhr Nelson ein erstes Mal heftig dazwischen: "Das ist insofern kein Wunder, Mr. Ashby, als Sie diesen Wagen an sämtlichen Verkaufspunkten, die ich vor zwei Monaten besuchte, an vorderster und prominentester Stelle aufgebaut hatten. Ich war ein wenig erstaunt, dass Sie unsere Konkurrenz so sehr poussieren."

"Das haben wir inzwischen schon längst korrigiert", erwiderte Ashby missmutig. "Es ist verständlich, dass meine Boys das verkaufen wollen, was sich verkauft. Und die Veränderung unserer Ausstellungspraxis hat jedenfalls die Marktdaten auch nicht verändert."

"Ja Kunststück, wenn wir nicht liefern können!" Nelson war bleich von der vergangenen Nacht und hatte graue Ringe unter den Augen. "Hier", er schlug erregt auf ein Papier das vor ihm lag, "Bestellungen, die nicht ausgeführt werden können! Was nützen uns das beste Produkt und ein bereitwilliger Markt, wenn wir nicht genügend produzieren können? Es ist zum Wahnsinnigwerden!"

Groenewalds runzelte die Stirn über den Gefühlsausbruch von Nelson. Und aller Augen richteten sich auf Fernandez, in dessen Verantwortungsbereich die Werke lagen, die seit Monaten wegen Streiks nicht richtig arbeiten konnten.

Fernandez richtete sich ein wenig gerader auf und zog seinen Veston mit einem schnellen Griff an den Knopf glatt. Sein Hemd war blütenweiß, seine Krawatte dezent gemustert und die dunklen Haare mit den wenigen weißen Streifen waren mit glänzender Brillantine an seinen gut geformten Kopf geklebt.

"Ja, meine Herren, das ist eine wahre Tragödie." Er schaukelte seinen goldenen Füllfederhalter zwischen seiner rechten und linken Hand, was den großen Diamanten in seinem Fingerring aufblitzen ließ und seine Zuhörer von seinem Gesicht ablenkte. "Wir verhandeln und verhandeln und verhandeln. Aber die Gewerkschaften wollen uns mit Bedingungen in die Knie zwingen, mit denen wir unmöglich leben können. Sie wissen es, es hat Schlägereien und selbst einen Toten gegeben. Ich habe auf höchster Ebene der Politik interveniert. Der Minister hat mir zu verstehen gegeben, dass er unsere Einschätzung teilt und unsere Haltung als richtig beurteilt. Aber genützt hat alles nichts. Es ist offensichtlich, wir sind den Gewerkschaften ausgeliefert. Ich bin, ehrlich gesagt, vollkommen ratlos." Seine Augen glänzten kalt, wie Knöpfe aus schwarzlackiertem Metall, aber niemand achtete darauf. "Weil diese Schwierigkeiten noch unabsehbar lange weitergehen können, favorisiere ich so sehr die Idee einer Übernahme der Stella. Mit diesen Geländewagen könnten wir den Produktionsengpass, den wir mit dem ‚Eisvogel' nun einmal haben, wenigstens ein wenig ausgleichen."

Und wieder fuhr Nelson unaufgefordert dazwischen: "Wir verlieren unsere Glaubwürdigkeit, wenn wir auf dieses Benzin- und Ölfressende Ungetüm ausweichen. Wir haben mit größter Mühe das Konzept eines sauberen Autos kommuniziert und tatsächlich beim Publikum einen gewissen Lerneffekt erreicht. Diese Bestellungen", wieder schlug er vehement auf die Akten, die vor ihm lagen, "zeigen, dass dies keine Utopie ist. Die Leute verstehen langsam, dass wir nicht so weiter fuhrwerken können wie bisher und honorieren unsere Bemühungen um eine neue Art von Auto. Ich beschwöre Sie: Wir dürfen nicht hinter diese Linie zurückfallen. Wir machen sämtliche Ökoautos für lange Zeiten unglaubwürdig! Wir können uns das als Firma nicht leisten. Und noch viel weniger als Bewohner dieses Planeten, der langsam aber sicher am Ersticken ist."

In diesem Moment klopfe der Chef-Steward an. Er meldete, sie seien bereit, das Mittagessen zu servieren.

14

Nach der Nachmittagssitzung, die wieder nichts als fruchtlose Auseinandersetzungen mit sich gebracht hatte, stand Nelson an der Reling und schaute hinaus aufs Meer. Die Wellen kamen langsam und rund auf ihn zugerollt und waren von undurchsichtiger, grüngrauer Farbe. Schaum zog ein Muster über sie, fragile Linien, so wie auf Händen alter Frauen Sehnen und

Adern Linien zeichnen. Ein farbloser Himmel hing wie eine Glocke über allem.

Eine tiefe Melancholie erfasste Nelson. Er hatte so viel gekämpft in seinem Leben. Seit er sich erinnern konnte, war er immer hinter etwas her gerannt, einem technischen Problem, einer physikalischen Lösung, einer Produkte-Entwicklung, einer Marketing-Strategie. Sein ganzes Leben hatte er gekrampft und gepowert. Und nun war er hier auf diesem Schiff gefangen, konnte nirgendwohin rennen und fragte sich, wozu das alles gut sei. Er sah vor sich die grünen Hügel seiner Heimat, wie mächtige Meereswellen, noch runder, noch langsamer als die Dünung, die auf ihn zukam. Und er sah, wie der Wind auf immensen, gewellten Kornfeldern Wellen zeichnete. Er spürte die Weichheit und Beweglichkeit dieser Oberflächen und die Wärme des sanften Windes und eine nie gekannte Sehnsucht erfasste ihn. Gleichzeitig bedrückte ihn die Geschichte mit Omar. Dieser war offensichtlich von jemandem auf ihn angesetzt. Nelson war ratlos, was er davon halten sollte.

So schaute er eher grimmig aus, als Omar in der Nacht nach schnellem Klopfen in die Kabine schlüpfte. Doch die Ausstrahlung von Gesundheit und Kraft des dunklen Körpers ergriff Nelson augenblicklich und wider seinen Willen. So überließ er ihm die Hand, nach der Omar griff und die er zu betasten und zu streicheln anfing.

"Ich muss mit dir reden", sagte Nelson schließlich. Und dann streng: "Wer ist dein Auftraggeber und was will er von dir?"

Omar sah ihm offen in die Augen. "Das kann ich dir unmöglich sagen. Schweigen ist Teil meiner Abmachung."

"Ich verstehe dich nicht". Nelsons Stimme war nun wirklich traurig.

"Ich kann es dir unmöglich sagen, denn ich will sein Geld. Ich brauche sein Geld. Aber überlass das alles nur mir. Ich werde ihm nichts sagen, was dir schadet."

"Und wie willst du das beurteilen können?"

Omar hatte sich im Schneidersitz vor Nelson aufs Bett gesetzt. Er sah gerade aus und atmete tief, als ob er meditieren wollte. Er gab keine Antwort. So vergingen ein paar Minuten. Schließlich gab Nelson nach und begann wieder zu reden:

"Und wie kann ich dir vertrauen?"

Omar ließ sich nicht ablenken, sah geradeaus und sagte mit abwesender Stimme:

"Das ist dein Problem."

Einmal mehr legte sich Blei in den Raum. Und Nelson wurde so verwirrt und traurig, dass er fürchtete, er müsse weinen. Er seufzte und legte sich zurück und verdeckte seine Augen mit seiner Hand. Aber Omar hatte das alles nachvollzogen und war im gleichen Augenblick über ihm.

Irgendwo auf der Welt gibt es immer jemanden, der dich auf die genau richtige Art berührt. Die Stelle stimmt und der Druck stimmt. Ob er dich mit der Fingerkuppe streift oder mit der Faust packt, es ist genau, was du fühlen wolltest. Und du schmilzt. Es gibt keinen Widerstand mehr, nur noch der Wunsch nach mehr. Seine Lippen sind fordernd oder geben nach, genau wie deine Lippen es wollen. Seine Zunge dringt zart oder brutal ein, wie dein Mund es erhofft hat. Seine Hände streichen leicht wie eine Feder über deinen Körper. Aber genau im Augenblick wo du es brauchst, krallen sie sich in dein Fleisch. Er zieht dich mit unerträglicher Langsamkeit aus oder reißt dir die Kleider vom Leib. Er berührt dein Geschlecht und löst ein unerträgliches Feuer aus. Er lockert oder härtet seinen Griff, dass du dem Wahnsinn nahe kommst. Im richtigen Augenblick und in der richtigen Intensität beißt er in deine Brustwarze und schickt Salven von Schmerzlust durch deinen Leib. Und wenn du glaubst, dass du es nicht mehr aushältst, dann dringt er in dich ein. So langsam, dass du dich ihm entgegenwirfst oder so schnell, dass du dich augenblicklich ergibst. Vielleicht zögert er alles noch eine Weile heraus, aber vielleicht überfällt euch jetzt das Wogen, über das keiner mehr Gewalt hat. Zwei Frequenzen werden zu einer. Du weißt nicht mehr, stößt du oder wirst du gestoßen, du weißt nicht mehr, wer ich ist und wer du, wo der Körper anfängt und wo die Seele aufhört, du arbeitest hart und härter, bis du endlich in einer Explosion zerbrichst, in Stücke gehst, stirbst. Und eine Welle von Licht geht durch das Zimmer und dann geruhsam durch die Welt. Sie ernährt jedes Atom, auf das sie trifft, und sie trifft alle, bis sie sich am Rande des Weltalls auflöst. Oder zu einer neuen Galaxie ballt. Alles ist totenstill, während die Lunge nach Luft ringt und das Herz zu platzen scheint. Aber langsam verlangsamt sich alles. Du kommst zurück, von weit, weit her und weißt, dass du nicht mehr der gleiche Mensch bist, wie zuvor. Irgendwo auf der Welt gibt es immer jemanden, der dich auf die genau richtige Art berührt. Sei bereit. Er kann plötzlich da sein und genau so schnell wieder gehen. Vielleicht wartest du und er kommt niemals. Vielleicht triffst du ihn nur ein einziges Mal. Vielleicht geht er vorbei und berührt dich nicht einmal. Aber du weißt es, du siehst es, er ist es, der, der dich verwandeln könnte. Fürchte dich nicht. Lass es zu. Lass dich berühren. Erlaube dir, zu sterben. Damit du endlich leben kannst.

Nelson lag zitternd in Omars Armen, mager und weiß, und streichelte Omars hellschokoladenfarbige Haut, wo immer er sie erreichen konnte. Sie sprachen kein Wort und hatten die Augen geschlossen. Und das Meer, dessen Wellen weiterhin sanft und rund waren, schaukelte sie sanft wie eine gute Mutter. Nelson phantasierte. Er sah einen riesigen Raum in einer herrlichen, gläsernen Struktur, wie einen gotischen Dom aus Kristall. Und Omar sah die rotgefärbten Hände mit Zacken und Punkten, die sich seinem Gesicht näherten.

15

Nelson kämpfte weiter, aber etwas in ihm war bereits hoffnungslos. Er hatte Tafeln und Kurven vorbereitet, die er nun vor der spiegelglänzenden Bar aufbaute und mit ausgestrecktem Zeigefinger erläuterte. Er sah gut aus mit seinen dunklen glatten Haaren und seinem schmalen, ernsthaften und entschlossenen Gesicht.

"Wie Sie dieser Aufstellung entnehmen können, meine Herren", erklärte er eine Tatsache, die er schon mehrere Male zur Diskussion gestellt hatte, aber die offensichtlich einfach nicht in die Köpfe der hochdotierten Manager eindringen wollte: "Damit die Übernahme der Stella für uns kurz- bis mittelfristig rentabel rechnet, müssen wir den Verkauf des kleinen Geländewagens um 30% erhöhen. Die Hoffnung, das zu erreichen, selbst wenn wir die größten Anstrengungen von Seiten des Marketings unternehmen, ist hochgradig spekulativ.

Zweitens:" Nelson hatte niemals erstens gesagt, "30% mehr von diesen Wagen bekommen wir nach meinen Berechnungen nicht aus Stella heraus, ihre Produktionsstätten sind hoffnungslos veraltet und bereits jetzt am Anschlag. Wir müssten also augenblicklich selber in die Produktion des Geländewagens einsteigen. Das ist, so weit ich das mit Herrn Mayer abgesprochen habe, technisch eigentlich nur in unseren Südwerken möglich. Und diese", schneller Blick zu Fernandez, "sind durch Streiks offensichtlich auf alle Zeiten lahmgelegt."

Das wollte Fernandez nicht auf sich sitzen lassen. "Ich könnte mir vorstellen, dass die Gewerkschaften gesprächsbereiter wären, wenn es sich um Produkte handeln würde, an die sie und die Arbeiter glauben könnten. Ich bin sicher, ja ich garantiere Ihnen, dass das eine Änderung in der Haltung der Gewerkschaften bringen könnte."

In diesem Moment wusste Nelson, und er hätte nicht sagen können, wieso, dass Fernandez falsch spielte und es auf ihn abgesehen hatte. Aber er ließ sich nicht beeindrucken.

"Drittens:" Jetzt wendete sich Nelson voll gegen den Tisch und sah Herrn Duchàne in die Augen. "Wenn wir dort den Geländewagen produzieren, fällt die Produktion des ‚Eisvogels' flach. Und mit der Gefahr, mich zu wiederholen möchte ich betonen: Bei diesem sauberen Auto liegt unsere Zukunft, auch wenn offensichtlich sofortige Erfolge nicht zu erzielen sind. Es kommt immer wieder vor, dass in Hungersnöten die Bauern ihr Saatgut essen. Aber das darf auf keinen Fall unsere Strategie sein. So tief ist unsere Firma doch noch nicht gesunken!"

Dies war mit Feuer gesprochen und Herr Duchàne schaute Nelson voller Sympathie an und nickte.

In der Nacht sagte Nelson zu Omar: "Fernandez ist es, der dich bezahlt, ich weiß es jetzt. Jetzt möchte ich nur noch erfahren, nach was er bei mir sucht." Doch dann wusste er es plötzlich.

"Wir haben übrigens gestern einen schrecklichen Fehler gemacht", fuhr er fort. "Du hättest einen Kondom überziehen müssen. Ich bin HIV positiv. Falls es das ist, was du herausfinden möchtest."

"Ich wusste es doch", sagte Omar gleichmütig. "Ich habe es doch in deiner Hand gesehen." Er sah eine Weile still vor sich hin und Nelson beobachtete, wie sich seine stämmige Brust hob und senkte, in einem langsamen Rhythmus, der ihn besänftigte und friedlich machte. "Du hast ein Problem", fuhr Omar schließlich fort, und er sprach gemütvoll und eindrücklich, wie ein Vater, der einem Kind ein Märchen erzählt, "Du willst deinem Schicksal entgehen. Ich bin zwar jünger als du, aber ich weiß, dass das nicht möglich ist. Ich wusste, dass du mein Schicksal bist als ich dich am ersten Morgen sah. Wenn deine Krankheit mein Schicksal ist, werde ich ihm nicht entgehen. Das wird sich zeigen." (Was hatte seine Mutter gesagt, als er, das Gesicht auf ihrem Schenkel lag und sie mit ihren schön bemalten Händen seinen Nacken massierte: 'Sie rennen alle, alle voller Angst dem Schicksal davon und es holt sie doch ein. Bleib stehen, mein Sohn und schau ihm in die Augen. Ringe mit ihm, mach Liebe mit ihm, aber kehre ihm nicht den Rücken. Kehre ihm auf keinen Fall den Rücken. Sonst weißt du am Ende nicht, warum du gelebt hast.')

Nelson zog Omar gerührt an sich. Er fühlte sich schuldig, dass er ihn attackiert hatte. Er streichelte seinen Kopf und zwirbelte seine Locken. "Es tut mir leid", sagte er leise, "ich weiß eben nicht, was mein Schicksal ist."

"Das kannst du auch nicht wissen, so lange du vor ihm davonrennst."

Nelson blieb lange still. Es war wahr, er war durch sein Leben gerannt, immer hinter etwas her. Und nun war er bald vierzig und hatte das Gefühl, nicht gelebt zu haben.

Nun regte sich Omar und nahm Nelsons Kopf. Er drückte ihn fast heftig an sich, so dass Nelsons heißer Atem kaum entweichen konnte. "Bleib stehen", flüsterte Omar hypnotisch, als ob er Nelsons innere Bilder sehen könnte. "Bleib ganz still. Entspanne dich. Atme tief." Er lockerte ein wenig seinen festen Griff und zwang Nelson gleichzeitig in den langsamen Rhythmus seines Atems. "Ganz tief, ganz entspannt. Nun bleibst du stehen. Du stehst still und spürst etwas hinter dir. Steh still, nichts geschieht. Sei ganz, ganz ruhig.

Und nun, drehe dich langsam um, ganz langsam um."

Nelson keuchte in Omars Armen. "Ich habe Angst." Seine Stimme war fast nicht zu hören. "Ich habe Angst."

"Sei ruhig, ganz ruhig." Omar streichelte Nelson und schaukelte ihn leicht auf seiner Brust. "Du bist in Sicherheit. Ich halte dich. Komm versuch es noch einmal, drehe dich ganz langsam um."

Nelsons entspanntes Gesicht wurde konzentriert und härter. Er hatte die Augen immer noch geschlossen. Plötzlich machte er den Mund auf und zog aufgeregt die Luft ein.

"Was siehst du, was siehst du", Omar flüsterte heiser, als ob er eine Anstrengung leisten müsste wie Nelson.

"Ich sehe den ... Tod", sagte dieser.

"Und wie sieht er aus?" Omars Hände krallten sich in Nelson, der aber nichts zu bemerken schien. Sein Atem ging plötzlich stoßweise und fast hechelnd.

"Er ist eine schöne, alte Frau. Eine Araberin mit rotbemalten Händen."

16

Einen Moment lang waren die beiden in Schlaf gesunken, mitgenommen und ausgehöhlt von den inneren Bildern. Nelson hatte die Konfrontation mit seiner Todesangst gleichzeitig erleichtert und erschöpft. Ihm war, als ob alles Leben mit einem Schlag aus ihm herausgezogen würde, aber es fühlte sich an, als ob es dadurch vielleicht Raum für Neues gäbe. War er eigentlich nicht endlich an diesem Punkt angelangt, den er unbewusst schon immer angepeilt hatte?

Omar hingegen erlebte Schrecken und Melancholie. Er begriff Nelsons Vision als auf sich gemünzt. Er hatte gehofft, entflohen zu sein, eine Chance zu haben, der Wüste zu entrinnen, aber nun war ihm klar geworden, dass er zurück musste. Seine Mutter hatte ihn gerufen. Und er würde gehorchen.

Nach kurzen Minuten waren sie wieder wach, wenn auch noch halb betäubt. Nelson füllte zwei Gläser mit Wasser und bot Omar zu trinken an.

"Was ist das gewesen", fragte Nelson mit tonloser Stimme, "habe ich meinen Tod gesehen?"

"Du hast meine Mutter gesehen und deine Todesangst. Sonst nichts." Omar sagte es leise, aber heftig. Er fühlte eine unendliche Müdigkeit in sich. Zaghaft fuhr er fort: "Schau deinem Schicksal in die Augen, ringe mit ihm, verführe es – so sprach meine Mutter. Aber das gilt nicht für den Tod. Darum zeigt sich der Tod auch nie. Wenn du ihn siehst, ist es einfach dein Wissen oder deine Angst."

"Du sagst seltsame Dinge. Immer sagst du so seltsame Dinge. Warum soll ich dir vertrauen?"

"Ich habe es dir schon gesagt, das ist dein Problem." Eine trennende Betonwand schien sich zwischen ihnen aufzubauen.

"Omar, erzähl mir von dir", Nelson sagte es fast demütig.

"Ich habe dir schon fast alles erzählt, wie ich nach

Paris kam, wie ich studierte. Nur von meiner Mutter habe ich dir noch nicht erzählt." Er schloss die Augen, mit gequältem Gesicht, als ob er sich fragte, ob es sich überhaupt zu erzählen lohnte.

"Mein Clan ist einer der ältesten. Nicht alle Völker der Wüste sind gleich, unsere Wurzeln reichen weiter zurück als die aller andern. So behaupten sie jedenfalls. Unsere Ahnen kamen von weit aus dem Osten und sie holten ihre Frauen immer von jenseits des Nils. Es wird gesagt, dass diese das Wissen aus dem Reich der Königin von Saba und noch von weiter her in unseren Stamm brachten. Vielleicht kommt es aber auch von ägyptischen Tempeln. Jedenfalls sind unsere Frauen berühmt für ihre Heilkräfte und ihr geheimes Wissen.

Meine Mutter ist eine der stärksten unter ihnen und weil sie keine Tochter hat, beschloss sie, mich zu ihrem Nachfolger zu machen. 'Du hast das Licht der Wüste gesehen', sagte sie, 'Du bist geeignet.' Aber das alles ist wie ein Fluch."

"Warum?" fragte Nelson, der von der seltsamen Trauer Omars angesteckt wurde und eine Bangigkeit spürte, die er nicht abschütteln konnte.

"Ich weiß mehr, als ich wissen will. Und ich kann es niemals loswerden." Omar schaute mit einem hoffnungslosen Blick ins Weite. Er schwieg eine Weile, bevor er mit seiner monotonen Erzählung weiterfuhr. "Frauen, verstehst du, Frauen sind für dieses Wissen gemacht. Sie bluten und sie können sich wieder reinigen. In mir bleibt alles drin, bis ich...." seine Stimme erstarb fast, "...bis ich eines Tages verbluten werde."

Nelson wagte nicht, nach Omar zu greifen. Etwas

schrie in ihm, 'nein, nein, nein'. Aber er blieb regungslos, wie vom Schock getroffen, auf dem Bettrand sitzen. Dann kam eine zweite Welle von Aufbegehren in ihm. 'Das ist ein entsetzlicher, brutaler Aberglaube, wie kann ein Mensch nur so etwas denken.' Er legte schließlich seine Hand auf Omars Herz.

Omar schlug die Augen auf und lachte ihn strahlend an, so als ob nichts gewesen wäre, als ob er gescherzt hätte. "Doch so lange das Leben währt, lass es uns genießen", sagte er froh.

Nelson lachte erleichtert auf. "Erzähl mir was vom Handlesen", forderte er.

Omar setzte ein Professorengesicht auf und fing mit übertriebenem Ernst zu sprechen an. Doch im Laufe seiner Erläuterungen wurde seine Ernsthaftigkeit echt und er sprach mit Feuer und Begeisterung.

"In der Hand ist der Himmel und die Erde und der Mensch, der zwischen oben und unten kreucht und fleucht. Sein Handrumpf ist der Leib, die Materie, aber auch die Welt, mit allem, was sich berühren und messen lässt, in seinen Fingern, die wie Antennen sind, spiegelt sich der Himmel und das Denken und Wissen, das vom Himmel kommt.

Und wie am Himmel die Planeten kreisen, so wirken sie in der Hand. Hier im Zeigefinger der Jupiter, der Selbstbewusstsein, Kraft und Gerechtigkeit bringt. Daneben der Saturn, der dir die Grenzen zeigt. Im Gold- oder Sonnenfinger liegt dein Selbst, dein innerster Wunsch, und im kleinen Finger hast du die Möglichkeit, dich auszudrücken, Gedanken oder Waren auszutauschen. Schau hier im Daumenballen, da rundet sich

die herrliche Venus und gibt dir Wärme und Liebes-
kraft und ihr gegenüber der Mond, aus dessen bleichem
Licht alle Bilder und Träume aufsteigen. Alle aber wären sie machtlos mit ihren Kräften, wenn nicht der
vorwärtsstürmende Mars das ganze System in Bewegung brächte: Mars lässt Knospen springen und Bom-
ben fallen, ohne ihn herrschte Friedhofsruhe.

In der Hand kannst du sehen, wie diese Kräfte miteinander ringen, sich gegenseitig verstärken oder neutra-
lisieren. Und du weißt, jedes Zuviel oder Zuwenig
bringt Schwierigkeiten.

Und nun guck dir die Linien an. Hier die Kopflinie in
der Mitte, voller Marsenergie. Sie zeigt, ob du deinen
Kopf durchsetzen kannst. Darunter die Lebenslinie,
ganz aus Mond und Venus gemacht, denn entstand
dein Leib nicht aus Liebe und einem seltsamen Traum
gehorchend? Und da oben, die Herzlinie, den geistigen
Kräften zugewandt, wohin willst du dich letztes Endes
wenden, wenn nicht zu den Göttern!"

"Und darin siehst du alles?"

Omar nickte. "Darin und in Bildern und Träumen."

"Heißt das, dass alles vorbestimmt ist und ich keine
Wahl habe?"

Omar nickte wieder. "Alles ist vorbestimmt. Dein
Schicksal steht vor dir. Dreh dich nicht um, renne nicht
weg. Schau ihm in die Augen. Und dann besiege oder
verführe es. Dann ändern sich auch die Linien deiner
Hände."

17

Die See war ruhig und leuchtete in fast überirdischem Glanz. Ein ungetrübter tiefblauer Himmel spiegelte sich auf den Schultern der Wellen, die in einem gemächlichen Ringelreihen auf und ab schaukelten. Diese Masse Wasser, die sich zum Menschen und Länder verschlingenden Ungeheuer aufbäumen könnte, lag heute so friedlich wie ein lächelndes Kind in seiner Wiege zwischen ihren vielgestaltigen Ufern, plätscherte gemütlich und genoss die Wärme der Sonne. Diese zeichnete am Horizont einen glänzenden Strich und ließ diesem entlang das Wasser funkeln wie flüssiges Gold. Unwirklicher Friede lag über allem, eine Stille, die nur von den Eigengeräuschen von Wasser und Wind eine zarte Färbung erhielt.

Das weiße Traumschiff dümpelte friedlich vor sich hin. Es hatte sich von seinen geblähten Segelbäuchen weit in den Süden tragen lassen. Und dann waren die athletischen Seeleute wieder in Aktion getreten, hatten an Seilen gerissen mit vereinter Kraft und die riesigen Segel eingeholt, die schwarzen und weißen Seile um hölzerne Pfosten gewunden und ordentlich verknotet, während andere, mit der Wendigkeit von Urwaldmenschen, in die Masten hinaufkletterten und die Segelrollen fixierten. Auch diese Arbeit wurde mit professioneller Leichtigkeit und in aller Stille abgewickelt, jede Bewegung und jeder Handgriff waren eingeübt und saßen, aber der Kraftaufwand, den die Leute erbringen mussten, wurde an ihren angespannten Muskeln und dem Schweiß sichtbar, der ihnen über Gesicht und Arme lief. Omar war wieder an vorderster Front mit dabei. Er war zwar als Bordingenieur angeheuert, aber er liebte es, den Matrosen zu spielen und die schwankenden Masten hochzuklettern und sich, angezurrt an ein Rettungsseil, an den Rahen nach außen zu schieben, das Meer von oben zu betrachten, wie es mit wachsender Entfernung glatter und glatter wirkte, und die Menschlein auf den sauberen Planken umherspazieren zu sehen. Hier traf ihn eine Luft und ein Licht, wie er es seit seinen Reisen durch die Wüste nicht mehr erlebt hatte. Hier war die Einsamkeit des totalen Angewiesenseins auf sich selbst. Um hier oben zu sein, hatte er die Arbeit auf diesem Schiff angenommen.

Die Sea Birth hatte nun wieder nackte Masten und die vielen Taue bildeten seltsame, geometrische Muster vor dem Himmel. Nelson wunderte sich, dass jemand die Übersicht über die vielen Seile und Taue behalten konnte. Ihm erschien das alles als ein Labyrinth, in dem man sich nicht anderes als verhaspeln und verstricken konnte. Phantasien suchten ihn heim, von schwarzen Leichen, Meuterern, die in den Stricken hingen, oder von verhungernden Piraten, die im Ausguck nach Land, Wasser und Leben suchten und nichts sahen als Leere, oder schlimmer noch: eine Fata Morgana, die ihnen ein hellgrünes Birkenwäldchen vorgaukelte mit einem breiten, grünbraunen Fluss, der dieses teilte.

Groenewalds hatte seine Klausur gewollt und so war die Sea Birth dort im Süden liegengeblieben und hatte sich zwei Tage in der Unendlichkeit einschläfern lassen, an diesem Nicht-Ort zwischen hell und hell oder zwischen dunkel und dunkel. Wie ein unwirklicher Fleck zwischen Himmel und Erde, wie eine Trübung im Auge, die einen Punkt vor der Wirklichkeit schwimmen lässt, so trieb das weiße Schiff in der Fülle und Leere des Meeres, das doch den ganzen Planeten füllt und ihn zu diesem herrlichen, blauen Juwel macht, von dem uns die Astronauten berichten. Die ganze Anstrengung und das viele Geld hatten bisher noch nichts gebracht, denn noch hatten die Sitzungen, Besprechungen und Präsentationen nichts ergeben als einen Salat von Zahlen, ein Hickhack der Meinungen und damit große Ratlosigkeit. Und jeder der Herren verhielt sich dieser gegenüber seinem Charakter entsprechend: Derb behauptend, vernünftig argumentierend, sich zurückziehend, kuschend. Am schwierigsten hatten es diejenigen, die es gewohnt waren, ihr Fähnlein nach dem Wind zu drehen, denn es ließ sich mit bestem Willen nicht ausmachen, aus welcher Richtung dieser wehte.

Groenewalds hatte Zeit. Seine Freundin hatte das Schiff eindeutig zu lange gechartert, darum hatte er keinerlei Interesse daran, bereits zu einem Abschluss der Gespräche zu kommen. Die übrige Zeit wäre damit zur reinen Verschwendung geworden. Und diese Blamage konnte er sich vor seinem wichtigsten Aktionär nicht leisten.

Duchàne war ganz geduldig. Er hoffte noch immer auf eine Lösung, auf einen neuen Ansatz, der dem alten Problem ein anderes Gesicht geben könnte. Er war ohnehin ein Mann von langsamem Temperament, in diesem Falle aber wurde er noch bedächtiger durch die Verantwortung, die er als Vertreter seiner weitverzweigten Familie trug. Sie waren Besitzer in der dritten

Generation und keiner von ihnen war dem Geschäftsleben wirklich noch zugetan und entsprechend gewachsen. Ihre Interessen richteten sich auf Höheres, das sie
aber mit der Rendite der Autofabriken finanzieren
mussten. Nun sah die Lage bedrohlich aus und
Duchàne hoffte mit Inbrunst auf eine wundersame
Lösung von irgendwoher.

Tyler fühlte sich schon die ganze Zeit über unbehaglich. Er war als höchster Direktor eigentlich gewohnt,
das Zepter zu führen, hatte es hier aber an Groenewalds abgegeben. Natürlich war er sich das gewohnt, er
wusste, dass er seine Stellung und Karriere seiner Fä-
higkeit zur kollegialen Zusammenarbeit, das heißt
Rückzug im richtigen Moment, verdankte. Normalerweise überspielte er das mit hektischem Getue, erteilte
Aufträge und Befehle nach allen Seiten. Auf diesem
Schiff gab es aber nichts zu tun, was seine Unentbehr-
lichkeit demonstrierte. Und entsprechend fürchtete er,
seine Unbedeutsamkeit könnte nicht nur ihm, sondern
auch den anderen auffallen und seiner Karriere scha-
den.

Ghezzi war in seinem Element. Er war von Kopf bis
Fuß ein drahtiger und verstaubter Zahlenmensch, der
noch gar nicht herausgefunden hatte, dass es so etwas
wie Gefühle gibt. Entsprechend fühlte er sich auch
kaum je unbehaglich, so lange seine Rechnungen auf-
gingen. Hier aber spielte er plötzlich eine Glanzrolle,
weil es ihm bei jedem Vorschlag und jedem vorge-
brachten Diskussionspunkt möglich war, mit ein paar
wenigen Rechnungen nachzuweisen, dass diese Idee
das Problem auch nicht lösen könne. Dass er damit

allen anderen die Laune verdarb, merkte er nicht. Mayer hielt sich mehr oder weniger aus der Diskussion heraus. Er war ein Praktiker und hatte gesagt, was zu sagen war. Johannson hingegen, der einzig glückliche, war tatsächlich nicht betroffen, war es doch einfach nur seine Aufgabe, die allgemeine Unfähigkeit zu dokumentieren und das erledigte er mit gewohnter Effizienz. Brauer tat, was ein Banker immer tut, er machte ein besorgtes Gesicht und fürchtete tatsächlich mit jeder Faser seines Leibes für sein Geld. Aber dafür wurde er auch fürstlich bezahlt.

Nur Nelson kämpfte. Und noch hoffte er, nicht auf verlorenem Posten, obwohl er langsam spürte, dass von der Seite von Ashby und Fernandez eine Intrige lief, die wie schwarzes Pech alle Möglichkeiten einer positiven Veränderung verklebte. Aber sein Gespür war noch so diffus, dass sich sein Unbehagen in Grenzen hielt. Ganz abgesehen davon, dass die Begegnung mit Omar zum ersten Mal in seinem Leben das Geschäftliche in den Hintergrund treten ließ.

Ashby ließ sich relativ dumpf von den Ereignissen schaukeln. Er trank wie gewohnt Unmengen von Whisky und verließ sich darauf, dass Fernandez alles zu einem guten Ende bringen würde. Fernandez aber lag auf der Lauer, nicht wie eine gemütliche Katze vor dem Mauseloch, sondern wie ein Reptil, mit kalten, unbeweglichen Augen, ein Chamäleon, total angepasst, ganz still, aber mit angespannten Sinnen auf den Moment wartend, wo die Zunge vorschnellen würde und das Opfer definitiv verloren war.

Die Sea Birth hatte Kurs auf die Küste genommen.

Schon plusterten sich in der Ferne ein paar Cumuli, die die Hitze über den Landmassen aufsteigen ließ. Am Nachmittag würden sie in St. Tropez sein.

18

In der Bucht von St. Tropez drängten sich die Touristen, obwohl die Saison eigentlich schon lange zu Ende war. Im kleinen Hafen lagen die teuren Jachten dicht nebeneinander und ihre braunen Besitzer schmorten in Liegestühlen und genossen den Neid der Flanierenden. Die Bistros mit den vielen Tischen unter knallbunten Sonnenschirmen waren allerdings nicht besonders gut besetzt.

Die Sea Birth wurde begrüßt wie eine Königin, als sie in die Bucht einfuhr. Kleine Motorboote umkreisten sie wie Schmeißfliegen, große Jachten versuchten in ihre Nähe zu kommen, um einen Blick von ihrer weißen Herrlichkeit zu ergattern und selbst ein Militärhelikopter kam hinunter um sich das Prachtsschiff von Nahem zu besehen. Der Kapitän stand neben dem Steuerhaus, indem der erste Offizier navigierte, und nahm die Huldigungen entgegen, innerlich vor Stolz geschwellt, äußerlich deutlich demonstrierend, dass er sich das gewöhnt sei.

Das Schiff war zu groß für den kleinen Fischerhafen und warf seinen Anker auf der Reede. Mit einem kleinen Motorboot wurden die Gäste, die es wünschten, schnell und bequem an Land gebracht. Der Zufall wollte es, dass sich Nelson im gleichen Boot wie Duchâne übersetzen ließ. So hatten sie Zeit für ein kleines Gespräch.

"Ich schätze Ihr Engagement außerordentlich", sagte Herr Duchàne hinter schwarzen Sonnengläsern. "Ich bin davon überzeugt, dass man auch in schwierigen Zeiten Visionen nicht einfach aufgeben soll. Die Befangenheit im Tagesgeschäft kann eine Gefahr sein. So wichtig es ist, das aktuelle Geschehen unter Kontrolle zu haben, so unabdingbar ist es auch, die Zukunft nicht aus den Augen zu verlieren."

Nelson stimmte ihm zu. Er gab allerdings zu bedenken, dass die Situation der Firma im Moment wirklich bedenklich sei. "Das Hauptproblem ist doch die Lähmung des Südwerks durch diese Streiks. Ich vermute eine politische Intrige dahinter und denke, dass wir auf höchster Ebene versuchen sollten, zu einer Lösung zu kommen." Diese Idee und dieser Vorschlag waren Nelson gekommen, während er sprach und er wunderte sich selbst darüber. Er versuchte in Duchànes Gesicht zu lesen, wie diese Idee auf ihn wirkte, aber er konnte wegen der dunklen Sonnenbrille nichts erkennen. Dann waren sie auch schon am Bootssteg angelangt. Ein junger Provenzale in zerrissenen Shorts und mit nacktem Oberkörper fing das Seil auf, das ihm der Bootsführer zuwarf und zurrte es an einem mächtigen Poller fest, der schwarz in der Sonne glänzte. Nelson stützte Duchàne beim Aussteigen. Sie gingen noch ein kurzes Stück zusammen durch den Hafen und trennten sich dann. Gesprochen wurde dabei kaum mehr. Duchàne wollte sich die Kunstwerke in der l'Annonciade ansehen, Nelson sagte, dass er dringend wieder einmal etwas Bewegung brauche und ein Stück weit spazieren müsse.

Nelson genoss es, wieder einmal richtig ausziehen zu können. Zwar schwankte der Boden ziemlich stark unter seinen Füssen, aber so lange er sich bewegte, störte es ihn kaum. Nur beim Stillestehen hatte er das Gefühl dass er sich irgendwo festhalten sollte. So ging er zielstrebig an den farbigen, tausendmal weiß übertünchten Häusern mit ihren Bars und Restaurants vorbei und an den vielen Marktständen, wo Strohhüte, Sonnenbrillen, Shirts und Souvenirs gleichberechtigt neben originalen Ölgemälden verkauft wurden. Er suchte eine Apotheke, denn er fühlte sich verpflichtet, Schutz für Omar zu besorgen. Als dies erledigt war, stieg er die ansteigenden, kleinen Sträßchen empor zur Zitadelle. Die meisten der kleinen, weißen Häuser hatten ihre blauen und grünen Fensterläden geschlossen, um die Hitze, die immer noch groß war, auszuschließen. Um ihre Eingangstüren wanden sich vielblättrige Glyzinien oder Bougainvilleen, die wie violette Feuer im Auge explodierten. Sie wuchsen aus kleinen Erdritzen, die im Pflaster freigelassen waren. Kleine Boutiquen boten Kräuter, farbige Stoffe oder Keramik an. Und dazwischen öffneten sich immer wieder kleine Höfe, verstellt mit grünen und blühenden Topfpflanzen, wo ein paar Einheimische an einem Tischchen saßen und sich ein Glas Wein genehmigten oder wo sich kleine Bistros eingenistet hatten, die knoblauchduftende Fischgerichte offerierten.

Die Straße war ziemlich steil und Nelson schwitzte und das wurde nicht besser, als die Häuser endeten und damit auch der Schatten, den sie boten. Zwar war der Hügel mit ein paar stattlichen Parasolpinien bestanden, doch ihr Geäst stand so locker, dass es die Hitze der klatschenden Sonne nicht mildern konnte. Die Grasflächen waren abgewetzt, braun und fast so sandig trocken wie die Wege, die sich hell den Hang hinaufschlängelten. Ein hinkender, magerer Hund schnüffelte herum, als ob es hier etwas zu finden gäbe.

Nachdem im 15. Jahrhundert St. Tropez einmal mehr bis auf die Grundmauern zerstört worden war, wurde eine Sonderregelung für den Wiederaufbau getroffen: Sechzig Genueser Familien wurden als Stadtgründer gewonnen, gegen die Freiheit, eine selbständige Republik bilden zu dürfen. Zwei Jahrhunderte lang dauerte ihre stolze Unabhängigkeit, die sie gegen die Spanier und Türken, nicht aber gegen den Machthunger des zentralistisch Sonnenkönigs von Versailles verteidigen konnten. Die Zitadelle war ein Überrest dieser heroischen, republikanischen Zeit.

Ein weißes Bauwerk mit dicken Mauern und Ecktürmen, umgeben von einem Wassergraben, indem heute Gras wächst, so steht sie auf der Spitze des Hügels und bietet eine herrliche Aussicht auf die Bucht von St. Tropez und die flaumigen Pinienwälder, die die Landzunge in Richtung Osten verdecken. Nelson war ganz allein auf der Terrasse, ging von Schießscharte zu Schießscharte und nahm die wundervollen Landschaftsbilder in sich auf. Dabei dachte er nach, zum ersten Mal seit Tagen.

Wie die Sea Birth auf dem Meer, so hatte er sich in ein Abenteuer treiben lassen, mit vollen Segeln, in eine

Richtung, die der Wind, und das heißt, der Zufall bestimmte. Und wie vom Schock getroffen war er danach in der Unbestimmtheit der Situation herumgedümpelt. Jetzt wurde es aber Zeit, sich klar zu werden, was er eigentlich wollte und tat. Er hatte die letzten Jahre für den ‚Eisvogel' gelebt und er war bereit, dies weiterhin zu tun. Er glaubte an dieses Projekt und er glaubte an die Notwendigkeit, endlich neue und saubere Technologien durchzusetzen. Duchàne war auf seiner Seite, nun musste er noch Groenewalds überzeugen. Sein blitzartiger Einfall vorhin auf dem Boot war richtig: Man musste mit einem neuen Vorgehen endlich die Schwierigkeiten im Süden lösen. Schließlich brauten sich dort die großen Verluste zusammen, das Hauptwerk hätte den Markteinbruch durch Rationalisierungsmaßnahmen nämlich noch lange Zeit verkraften können.

Nelson beschloss, aufs Schiff zurückzukehren um ein Papier mit neuen Vorschlägen für Groenewalds auszuarbeiten. Er ging die kühlen Wendeltreppen im Turm hinunter und durch den sauberen Innenhof und über die Zugbrücke aus von der Sonne weißgebleichten Eichenbalken.

Der Kiesweg war von einer beschnittenen Rosmarinhecke gesäumt. Nelson griff hinein und genoss den würzigen Duft, der sich in der Hitze ausbreitete. Als er den Zickzackweg unter den Pinien erreichte, sah er weiter unten Omar, der ihm entgegenkam. Seine weiße Kleidung leuchtete im hellen Licht und seine Locken glänzten wie die harten Blätter der Lorbeerbüsche an denen er eben vorbeischritt. Nelson fühlte einen Stich im Herzen. Ihm wurde klar, dass er bei seinen Überlegungen vorhin etwas vergessen hatte.

19

Omar winkte fröhlich, als er den näherkommenden Nelson bemerkte und strahlte. Und während sie aufeinander zugingen, fühlte Nelson ein Ziehen im Leib, das sich mit jedem Schritt verstärkte. Und dann standen sie sich gegenüber und umarmten sich mit den Augen, denn anders wagten sie es hier nicht. Und Omar fragte, um die Spannung zu mildern: "Was machst denn du da oben?" Und Nelson antwortete: "Das gleiche wie du." Und Omar behauptete mit seltsamem Lächeln: "Ich habe dich gesucht." Und Nelson wusste, dass es gleichzeitig wahr und gelogen war.

"Komm, ich zeig dir was Schönes", schlug Omar nun vor und drehte sich um, um vor Nelson den Weg hinunterzugehen. Und Nelson ging hinter ihm und hatte Gelegenheit, seinen kräftigen Nacken zu studieren, in dem sich neckisch kleine Kräusel wirbelten und die breiten, eckigen Schultern zu bewundern, die so viel Kraft ausstrahlten und so viel Schutz versprachen und so köstlich, wie er wusste, zu berühren waren. So gingen sie still, zuerst hintereinander und als der Weg breiter wurde, nebeneinander her. Omar führte ihn in den Pinienwald hinein, über einen sandigen Weg, der mit Steinen und Pinienzapfen bestreut war und in dem sich feingemusterte Radspuren von Autos und Velos und Fußspuren verschiedener Größe abzeichneten. Der

Boden neben dem Weg war dicht mit Nadeln belegt, so dass kaum etwas anderes wuchs. Die Luft war, wenn auch warm, doch nicht stickig und der herrliche Duft von Pinienharz erfrischte die Lungen. Die Geräusche der kleinen Stadt drangen nur gefiltert zu ihnen und da sie ihre eigenen Schritte nicht hörten, hatte ihr stilles Gehen etwas Zauberhaftes, das noch durch die unwirklich hellen Sonnenflecken, in denen Insekten tanzten, unterstrichen wurde.

"Wohin bringst du mich?" fragte Nelson, als sie eine Viertelstunde still nebeneinander her geschritten waren.

"Abwarten", murmelte Omar, ganz in sich gekehrt. Er schwenkte nun ab auf einen kleinen Pfad, der nach links vom Fahrweg abzweigte und nach unten führte. Wieder gingen sie hintereinander. Der Weg wurde steiler und es gab nun Stufen aus Stein, die das Gehen erleichterten. Als sie ein ziemliches Stück, immer noch schweigend, gegangen waren, brach der Wald buchstäblich ab: Sie standen an der Kante einer Felswand, die tief nach unten fiel und an deren Fuß sich eine kleine, verborgene Bucht öffnete. Eine halsbrecherische Treppe führte hinunter.

Immer wieder musste Nelson anhalten und das Meer bewundern, das hier in einer unglaublichen Bläue leuchtete. Sonnenglitzer tanzten und die Luft war noch immer von dem herrlichen Pinienduft erfüllt. An den sonnenbeschienenen Stellen griff die Hitze des aufgeheizten Steins wie mit Händen nach seinen nackten Armen. Und wo immer sich Pflanzen in der harten Felswand eingenistet hatten, raschelte es, wenn sie vorübergingen. Irgendwelche Tiere brachten sich in Sicherheit. Erst als sie fast unten angelangt waren, bemerkte Nelson, dass unter einem Felsvorsprung ein Haus stand, fast unsichtbar, vollständig getarnt, weil aus den gleichen Steinen und darum in der gleichen Farbe wie Weg und Fels und Strand. Und etwas anderes gab es hier nicht. Plötzlich wurde Nelson das Klatschen der Wellen bewusst, das ihm sehr laut vorkam.

Nun waren sie unten angekommen und gingen über den groben Schotter der Bucht. "Normalerweise kommt man mit dem Schiff hierher", erklärte Omar. "Hinter jenem Felsen hat es eine Anlegestelle". Und er wies mit dem Kinn nach Westen. "Nun wirst du gleich ein kleines Wunder erleben."

Und tatsächlich, als sie um die Ecke des Hauses bogen, das unscheinbar wie eine mittelalterliche Mönchsklause am Felsen klebte, bot sich ihnen ein atemberaubender Blick auf ein wogendes Meer von blühenden Geranien in sämtlichen Rot-, Rosa- und Purpurtönen, die man sich vorstellen kann. Sie waren um eine mit Steinen gepflasterte Terrasse gepflanzt, auf der, unter einer Pergola von ebenfalls roten und rosa Hängerosen ein paar rohe Steintische standen. Der Anblick dieser Blütenpracht inmitten dieser Steinwüste und direkt vor den türkisblauen Wellen war völlig unerwartet und großartig. Nelson stockte der Atem vor Freude und Überraschung, aber Omar verschwendete kaum einen Blick darauf, sondern schritt eilig zwischen den Steintischen hindurch und rief: "Mercedes, Mercedes, komm sofort aus deinem Versteck!" Und schon raschelte der Bambusvorhang an der Tür und eine große, breit gebaute Rothaarige brach sozusagen daraus hervor und stürzte sich auf Omar. Sie umarmte ihn heftig und ließ dabei ihre weiten violetten Ärmel im Wind flattern. Und Nelson blieb der Atem erneut stehen, denn ihr folgte eine mindestens dreißig Zentimeter lange Smaragdeidechse, zögernd mit einem gewissen Abstand zwar, aber doch hinter ihr her trippelnd wie ein Hündchen. Sie beobachtete das Geschehen mit starren Augen und in sicherer Entfernung.

"Nelson", sagte Omar nun strahlend wie die Sonne, "darf ich dir meine Schwester Mercedes vorstellen?" Und dann sich lachend zu Mercedes wendend: "Oder bist du meine Mutter?" Die Frau war von unbestimmbarem Alter und darum wäre beides möglich gewesen. Ihr Gesicht war nicht mehr frisch, aber ihre Bewegungen locker und jugendlich. Sie schüttelte ihren roten Lockenschopf, der ihr lang über die Schultern fiel.

"Weder noch", lachte Mercedes, "Du verrückter Sohn der Wüste. Mit dir will ich nicht verwandt sein." Sie schob ihn weg und wandte sich Nelson zu. Ein heller, wacher Blick traf ihn aus dem mit Sonnensprossen übersäten Gesicht. Die Augen waren von erstaunlich dunklen Wimpern umsäumt.

"Willkommen", sagte sie und schien direkt in Nelsons Seele zu blicken, "das also bist du", so als ob sie schon von ihm gehört hätte. Sie langte ihm mit einem schnellen Griff an die rechte Schläfe und es war, wie ein verstecktes Streicheln. "Setzt Euch", fuhr sie dann fort, "ich hole zu trinken." Und sie ging ins Haus, gefolgt von der schillernden Eidechse, deren Hals mit dem Blau des Meeres um die Wette funkelte. Der Bambusvorhang bewegte sich sachte vor der Dunkelheit, in der die beiden lautlos verschwunden waren.

Omar setzte sich mit Blick auf das Meer und zog Nelson neben sich. "Frauen sind seltsam, findest du nicht auch? Und Mercedes ist eine ganz besondere Frau", flüsterte er. "Hast du gewusst: Die Kraft der Frauen liegt in ihrem Schweigen. Ich jedenfalls verbiete jeder Frau zu reden, wenn ..." Er spürte, wie Nelson zusammenzuckte und hielt sofort an. Eine Welle von Traurigkeit schwappte in die paradiesische Landschaft. "Nelson", sagte Omar sanft, "lege mir keine Fesseln an. Was immer ich tue, es ändert nichts daran, dass ich dich liebe. Vergiss das nie nie nie." Aber Nelson schwieg. Weniger aus Verletztheit, als aus Unfähigkeit, zu antworten. Es gab keine Kraft in ihm, die es ihm ermöglicht hätte, sich zu räuspern, mit den Lippen ein Wort zu formen, die Stimmbänder zu spannen, um ein Wort herauszubringen. Wieder war er wie eingeschmolzen in Glas und wieder wusste er, das gleich etwas geschehen würde.

Und tatsächlich hörte er Worte, die wie eine Beschwörung klangen. Omar sprach mit einer Stimme, die von weit her zu kommen schien. "Als du die Gangway heraufkamst, gleich am ersten Abend – du hast mich nicht gesehen – wusste ich, dass du für mich bestimmt bist. Meine Mutter hat mir immer wieder gesagt: 'Wenn die Richtige kommt' – sie hatte nicht daran gedacht, dass es ein Mann sein könnte – 'wenn die Richtige kommt, werde ich dir ein Zeichen geben.' Und als du die Gangway hinaufkamst, gab sie mir das Zeichen. Ihre Hand zeigte auf einen goldenen Punkt, der über dir schwebte. Ich schaute wie gebannt und sah, wie dieser Punkt sich in ein blutrotes Licht wie bengalisches Feuer verwandelte. Es umfloss dich von Kopf bis Fuß, wie eine Flüssigkeit. Und mir wurde ganz bange und ich wusste, das ist der Moment, von dem sie immer gesprochen hat."

Omar war jetzt still. Nelson saß noch immer wie gefroren und zutiefst betroffen. "Ich habe mich nicht gewehrt", fuhr Omar schließlich fort. "Ich stand ganz ruhig und wusste, hier kommt mein Schicksal die Gangway herauf. Du sahst mir nicht in die Augen, doch ich sah deine und sah, dass sie zum Sterben traurig waren. Und ich wusste, ich würde nicht mit dir ringen. Ich würde dich lieben. Was es mich auch immer kosten würde." Wiederum entstand eine lange Pause. "Darum solltest du nicht mit mir hadern." Omar fügte es sachlich, ohne Trauer in der Stimme an.

Da erwachte Nelson aus seiner Erstarrung, etwas in ihm schien zu weinen und er war noch immer unfähig, ein Wort zu sagen. Darum nahm er einfach Omars Hand und legte sie auf sein Herz. Ihre Finger waren ineinander verschlungen, als sie die Hände auf den Tisch zurück legten. Jetzt torkelte ein blauer Schmetterling über die Terrasse und näherte sich mit ein paar raschen Zickzackkurven. Zielsicher setzte sich auf die verknoteten Hände und fing an, sich die Fühler zu putzen. Das Kitzeln löste Nelsons Erstarrung. Eine Träne löste sich aus seinem Auge und rollte langsam über seine Wange. Schnell putzte er sie mit der freien Hand ab. Denn schon kam Mercedes zurück.

20

Mercedes brachte einen Eiskübel mit Flasche und ein paar Teller, gefüllt mit Käse, Brot und schwarzen Oliven. Sie stellte große Gläser auf den Tisch. Dann setzte sie sich neben Omar, küsste ihn auf den Hals und schenkte einen Rosé ein, der in der Sonne rotgolden aufblitzte. Die Gläser beschlugen sich augenblicklich.

"So habt Ihr euch also gefunden." Das war keine Frage, sondern eine Feststellung. Mercedes warf der Echse, die neben dem Eiskübel lag, kleine Käsebrocken zu, die diese aber nicht zur Kenntnis nahm. Sie begnügte sich weiterhin, die Szene mit blankem Blick zu beobachten. Sie leuchtete förmlich in ihrem satten Gelbgrün und ihre blaue Kehle hätte auch die stolzeste Pfauenbrust verblassen lassen. An ihren schillernden Flanken, vor allem beim Hals, war ihr schneller Puls deutlich zu sehen.

"Wie schnell ihr Herz schlägt", murmelte Mercedes, "so schnell vergeht die Zeit. Vergesst es nie." Und dann schaute sie Nelson vielsagend an und hielt seinen Blick für eine lange Weile fest. "Es gibt nur einen Feind", hauchte sie, "nur einen einzigen: die Zeit."

Nelson war sehr seltsam berührt, aber Omar schien nichts zu bemerken. Er plauderte unbefangen und fragte sich, warum die Eidechse nach einem Edelstein hieß und nicht der Stein nach der Eidechse, nachdem ihre Farbe doch tausendmal schöner sei als je ein Smaragd sein könnte. "Ist dieses Schillern nicht unirdisch?" sagte er und die Echse schien sein Lob zu genießen und hob den Kopf in seine Richtung.

In diesem Moment begann ein dumpfes Trommeln vom Wald herunter zu tönen. Die Echse schrak auf und flüchtete sich in die Nähe von Mercedes Glas. Nelson blickte erstaunt nach oben, so dass Mercedes sich zu erklären verpflichtet fühlte: "Das ist mein verrückter deutscher Freund, der wieder einmal Geister beschwört. Meine Echse fürchtet ihn." Und als Omar ungläubig einwarf: "Jetzt mitten am Tag beschwört er Geister?" antwortete Mercedes leichthin: "Er ist so erleuchtet, dass er den Tag nicht mehr von der Nacht unterscheiden kann." Und dann lachten beide unmäßig wie zwei Irre und Nelson fragte sich, ob sie im Ernst sprachen oder sich über ihn und alles auf der Welt lustig machten.

Die Blumen glühten um die Wette und die gute Laune der drei Freunde schwebte über allem wie ein herrlicher, nährender Duft. Sie sprachen von diesem und jenem. Omar erkundigte sich nach Manuel, der für den Tag mit ein paar Touristen hinaus zu den Inseln gefahren war. Das brachte ihn auf seine Zukunftspläne. "Seit zwei Tagen weiß ich, dass ich zurück muss", sagte er zu Mercedes, die ein bedenkliches Gesicht machte. "Meine Mutter hat mich gerufen." Schneller Blick auf Nelson, der nicht zu wissen schien, wovon Omar sprach. "Und ich weiß jetzt auch, wie ich dort leben werde. Ich werde ebenfalls Touristen hinausfahren. Die Wüste ist so groß und so schön wie das Meer. Ich werde sie ihnen zeigen und viel Geld verdienen!" Und in Omar klang etwas wie ein stummes Lied: 'Meine Berge werde ich ihnen zeigen, die Steine, die honigfarbenen Dünen in ihrem hellen Licht, und die dunkelblauen, kalten Nächte mit den funkelnden Sternen. Ich werde sie die Angst der Einsamkeit fühlen lassen und die Freude des Nachhausekommens. Und – ' hier erfasste ihn eine Sehnsucht, die ihn fast zum Schluchzen brachte ' – ich werde meine Mutter dazu bringen, ihnen ihre schön bemalten Hände zu zeigen. Und ach – und sie werden niemals mehr den schwarzen Blick vergessen, der sie aus der kleinen Lücke zwischen den Schleiern trifft und sie für ewig verwundet.' Dann lenkte er sich selber wieder ab und begann von einem Geländewagen zu schwärmen, den er kaufen wollte. Er kündigte an, dass er das Geld dafür nächstens zusammen hätte und lachte Nelson an und sagte: "Wenn du mich liebst, dann wirst du auch die Wüste lieben, du wirst sie so lieben, wie ich. Du wirst mit mir hinausfahren und wenn meine Maschine stillsteht, wirst du sie reparieren. Es wird herrlich sein." Und in ihm sang es: 'Du wirst in die Unendlichkeit des Lichts eintreten mit mir, du wirst schwimmen lernen im Nichts und du wirst endlich verstehen, warum du lebst. Und dass es heilig ist.'

Nelson spürte nicht, was in seinem Freund vorging, er lachte, leicht betreten, über Omars Pläne. Er nahm sie zwar nicht ernst, fühlte aber doch ein Behagen, das Nichts als unmöglich erscheinen ließ. Die Welt schien offen und schön.

Ein leiser Wind begann nun die Pflanzen und Blüten zu schütteln. Rosenblätter schwebten wie riesige Schneeflocken auf den Tisch. "Wir müssen gehen, leider", sagte Omar, zog Mercedes auf und verabschiedete sich mit einer heftigen Umarmung. Auch Nelson wurde freundschaftlich umfangen und in die herrliche

Weichheit von Mercedes gedrückt. "Passt gut auf euch auf", flüsterte sie ihm ins Ohr und küsste ihn aufs Ohrläppchen. Und Nelson wusste nicht, waren es ihre Worte oder ihr Kuss, die in ihm für eine ganze Weile brannten.

Und dann kam der Rückweg durch die Steinwüste der Bucht. Noch immer dröhnte die Trommel. Als sie nach einer schweißtreibenden Klettertour wieder im Pinienwald angekommen waren und endlich auch bequem nebeneinander und Hand in Hand gehen konnten, sagte Omar in die nun bereits dunkleren Schatten des Waldes:

"Frauen haben besondere Kräfte, Mercedes aber ist wie meine Mutter, sie weiß darum. Meine Mutter sagt: Frauen sind stark, mit ihrem Blut ernähren sie die Welt. Sie lassen mit ihrem Blut in ihren Bäuchen Kinder wachsen oder lassen es in die Erde tropfen, damit das Leben daraus machen kann, was es will. Überleg dir mal: Die Frauen bluten und bluten, aber es schadet ihnen nicht. Sie haben mehr Kraft als wir."

"Du machst mir einen Minderwertigkeitskomplex", sagte Nelson, der Omars Vorstellungen nicht ernst nehmen wollte. Aber Omar merkte nichts davon, sondern fuhr ernsthaft fort:

"Frauen haben Macht über das Leben, so ist das. Aber wir Männer, wir haben Macht über den Tod. So wird es gesagt. Wenn ein Mann sein Blut gibt, freiwillig und bewusst, dann hat der Tod keine Chance. Allerdings kann das ein Mann nur ein einziges Mal tun, weil er dabei verblutet."

Nelson fröstelte plötzlich. Wurde es bereits kühl oder

war das ein inneres Zittern, das ihn zusammenfahren ließ? Er sah vor den Pinienschatten plötzlich Bilder schweben, sah weiße Schalen, in die das Blut von Blutopfern aufgefangen wurde. Er sah es aus durchgeschnittenen Kehlen tropfen, vor mongolischen Herrschern in Siegesposition, er sah aztekischen Obsidianmesser, die in braune Haut schnitten und Herzen aus herrlichen Brustkörben hoben, er sah die blassen Arme eines Selbstmörders, der seine Adern aufgeschlitzt hatte und nun die Hände anklagend in die Luft hob. Stoßweise floss das Blut aus der Wunde, rann über die weißblaue Haut seiner Handgelenke.

"Das ist ein scheußliches Thema, hör auf damit", keuchte Nelson.

Doch Omar ließ sich nicht beeindrucken. "Der Tod ist nicht scheußlich, nicht wenn man sein Schicksal liebt", sagte er einfach.

21

Die Sea Birth tuckerte aus der Bucht von St. Tropez hinaus und in die Nacht hinein. Das Meer war dunkel, denn der Mond war schmal wie eine Sichel und gab kaum Licht.

"Hast du Groenewalds Daumen gesehen?" alberte Omar, als sie unter die Decke krochen, "breit wie ein Schneepflug. Der Mann bekommt wohl immer Recht." Und als Nelson das bestätigte, sprach Omar von Tylers kurzem Zeigefinger, der auf wenig Selbstsicherheit schließen ließ. Von Fernandez' verbogenem kleinen

Finger sprach er nicht, er wollte das Thema nicht auf ihn lenken.

"Warum habe ich so viele kleine Linien und du nicht?" fragte Nelson.

"Weil du ein sensibler Dünnhäuter bist. Darum musst du auch so vieles verdrängen."

"Wie meinst du das?" Nelson war leicht pikiert.

Da nahm ihn Omar in den Arm wie ein kleines Kind und zählte mit Singsangstimme lachend auf: "Hast du dich nicht immer hinter Schrauben, Rädchen und Maschinen versteckt, um deine Einsamkeit nicht so sehr zu fühlen? Hast du nicht so getan, als ob du ein Mönch wärst, weil du dich nicht wagtest, die zu lieben, die du liebtest? Glaubst du nicht noch heute, dass eure Hahnenkämpfe und geschäftlichen Stellungskriege tatsächlich wichtig sind. Oh Nelson, ich habe dich durchschaut", er näherte sich Nelsons Augen so sehr, dass diese in Undeutlichkeit verschwammen, "oh Nelson, ich schaue durch dich hindurch und sehe, du bist unbelehrbar." Und dazu lachte er und kraulte Nelsons Nacken und bedeckte seinen Hals mit kleinen, schmatzenden Küssen. Und Nelson wand sich weil es kitzelte und lachte und fühlte sich so glücklich, wie er nicht einmal als Baby je gewesen war.

Und dann fuhren sie davon auf einer Welle von Zärtlichkeit, besahen und betasteten sich, wollten jeder den anderen Zentimeter um Zentimeter fühlen und berühren, liebten die glatte Haut, die biegsame Härte der Nägel, das borstige glatte und das weiche gekräuselte Haar, folgten den Begrenzungslinien der Lippen, schlugen sanft mit den Zähnen aufeinander und wurden

schließlich heftiger und heftiger, fielen wie Menschen-
fresser übereinander her und balgten sich darum, wer
wen zuerst verspeisen durfte.

Und dann lagen sie sich beruhigt in den Armen, at-
meten behaglich und tief, seufzten vor Zufriedenheit,
rieben ihre Wangen aneinander, verschlangen Finger
und Beine ineinander und fielen schließlich in einen
herrlichen, weichen, rosaroten Schlummer.

Ein plötzliches Krachen ließ sie zusammen- und auf-
fahren. Die Türe war aufgesprungen und Fernandez
war eingedrungen. Er schloss die Türe mit einem harten Knall und ging, ohne auf die beiden zu schauen,
durch die Kabine und setzte sich auf den rosa Sessel.
Die beiden Männer im Bett beobachteten seine
schwarze Gestalt wie ein Gespenst. Keiner war fähig,
ein Wort zu äußern, noch waren sie vom Schlummer
befangen und unsicher, ob sie träumten. So saßen die
Drei sich gegenüber und es war ein gespenstischer Augenblick.

Schließlich begann Fernandez zu sprechen. Er spielte
auch jetzt den Grand Seigneur, saß in korrekter, auf-
rechter Haltung vor ihnen, die Hände um sein überge-
schlagenes Knie gelegt und sprach, als ob dies die
normalste aller Situationen wäre. Dies festigte Nelsons
Überzeugung, dass er immer noch am Träumen sei,
denn so absurd konnte die Realität unmöglich sein.

"Ein Mann in Ihrer Position", Fernandez sprach mit
seidenweicher Stimme, "sollte sich nicht in kompromit-
tierende Situationen begeben. Ein Mann in Ihrer Position, könnte leicht das Opfer einer Erpressung
werden." Er schwieg und sah sich im Zimmer um, da-

bei würdigte er Omar keines Blickes. "Hübsche Kabine", sagte er anerkennend, "in meiner hat es keinen Kamin. – Also, wo sind wir stehen geblieben? – Nehmen wir an, Sie hätten einen Feind. Nehmen wir an, es gäbe jemanden, der nicht möchte, dass Sie mit Ihren Ideen durchdringen, es wäre für diese Person ein Leichtes, Herrn Duchàne zu hinterbringen, dass Ihr Lebenswandel einigermaßen anfechtbar ist. Ich halte es für meine kollegiale Pflicht, Sie zu warnen."

Inzwischen war Nelson erwacht und zu sich gekommen. So unwahrscheinlich die Situation war, es musste gehandelt werden. Der Kämpfer in ihm erwachte, sein Körper straffte sich und er wollte eben zu sprechen anfangen, als Omar unter der Decke nach seiner Hand griff und sie fest wie ein Schraubstock drückte. Die neuerliche Überraschung ließ Nelson verstummen. Dafür sprach Omar:

"Monsieur Fernandez, das war nicht ausgemacht!" sagte er scharf. Doch dieser achtete nicht auf ihn und wendete sich erneut an den sprachlosen Nelson:

"Damit kein Missverständnis aufkommt: Ich habe nichts gegen Ihre Strategie. Aber es könnte Leute geben, denen sie missfällt. Und darum wäre ich an Ihrer Stelle etwas vorsichtiger.

Das wollte ich Ihnen sagen und nun wünsche ich Ihnen eine angenehme Nachtruhe."

Er stand auf, ein großer schwarzer Schatten, und stelzte hager davon.

"Schweig", fuhr Omar Nelson an, der endlich protestieren wollte, und wieder drückte er seinen Arm mit einem Klammergriff. Gleichzeitig sprang er aus dem

Bett, schnappte nach dem Bademantel und rannte hinter Fernandez her.

Wieder knallte die Tür ins Schloss.

Vor dem Bullauge graute bereits der Tag. Nelson lag im Bett und zitterte. Er war so verstört, wie ein Mensch überhaupt sein kann und gleichzeitig so wütend, dass er zu explodieren meinte. Er konnte keine Ordnung in seine Gedanken bringen. Immer wieder sah er diesen verdammten Fernandez vor sich sitzen und seine unverschämten Worte sprechen. Und fast ebenso wütend wie auf diesen Gauner war er auf Omar, der ihn am Handeln gehindert hatte und auf sich, weil er sich hatte hindern lassen. Und dann zwischendurch immer wieder die Frage: Habe ich das wirklich erlebt oder war es eine Halluzination? Endlich wurde er wenigstens von dieser Frage erlöst. Omar stürmte ins Zimmer und schwenkte ein dickes Banknotenbündel.

"Dieses Schwein", knurrte er, "dieses Schwein. Aber immerhin hat er einen Aufpreis bezahlt."

Nun wurde es aber Nelson zu viel. Er begann fassungslos zu weinen und es war ihm sogar gleichgültig.

22

Omar:

"Ich habe es nur für uns getan, für dich und mich, damit es möglich wird, dass wir je Zeit füreinander haben. Und wenn du mir sagst, dass ich ein verdammter Egoist bin, dann musst du wissen, ich habe es für dich noch viel mehr getan als für mich. Ich habe deine Augen gesehen und gewusst, dass du endlich ein anderes Leben brauchst. Nein, was sage ich, nicht ein anderes Leben. Leben brauchst du, endlich Leben, denn bisher hast du nur wie deine Rädchen funktioniert und das reicht nicht um zu überleben. Ich wollte dir zeigen, dass der Mensch kein Käfigtier ist, sondern ein Wesen, formlos, zart und wild wie Wind und Wasser. Ich wollte dir demonstrieren, dass es sich zu leben lohnt, dass die Welt voller Schönheit ist und dass man, wenn man schon sterben will, wenigstens an dieser Schönheit sterben soll. Du hast ja keine Ahnung! Zwölf Jahre bist du älter als ich, aber man könnte meinen, du seist noch gar nicht geboren, so dumm stellst du dich an. Ach, ich könnte dich umbringen, wenn... – aber es ist ja nicht nötig, du wirst dich selbst umbringen, du Idiot, die Krankheit hast du ja schon."

Nelson:

"Und wenn, und wenn auch. Solange ich kann, werde ich entscheiden was läuft. Ich lasse mich nicht behandeln wie ein unmündiges Kind, ich will nicht, dass über meinen Kopf hinweg manipuliert und intrigiert wird. Es ist mir vollkommen gleichgültig, ob dies aus Liebe oder Feindschaft geschieht, verstehst du! Ich will wählen können, verdammt noch mal. Ich bin doch nicht einfach irgendwer, wie stellst du dir das vor? Ich habe mein Leben lang gearbeitet und bisher immer erreicht was ich wollte. So lasse ich mich nicht behandeln, so nicht!"

Eigentlich hätte das Meer jetzt hochgehen sollen, eigentlich hätten sich seine Wellen grauschwarz aufbäumen müssen und mit weißer Gischt über dem Schiff brechen. Ein Sturm hätte toben müssen und die Sea Birth herumwerfen wie einen Korken im Ablauf einer Badewanne. Doch der Wind heulte nicht und es krachte nicht in der Kabine. Der Fruchtkorb rasselte nicht vom Kaminsims herunter und die Flaschen und Tuben kollerten nicht vom Badezimmerregal. Keine Schranktür sprang auf. Und nichts griff ans Herz der beiden und warnte sie.

Nichts dergleichen geschah. Draußen stieg ein rotgoldener Morgen über den Horizont eines glatten Meeres. Die Welt schimmerte verheißungsvoll, wie vor fünf Tagen, als Nelson seinen Blick über den Felsen von Monaco streichen ließ, der von innen heraus zu glühen schien. Ein paar Delphine spielten nicht weit entfernt vom Schiff und zogen mit ihren Sprüngen perfekte Halbkreise. Ihre Heiterkeit passte zur ruhigen See und zum friedvollen Morgen. Noch war alles still.

Omar:

"Wenn du je erfahren hättest, was es heißt, beinahe zu verdursten und doch zu überleben, wenn du erlebt hättest, wie schnell größte Hitze in grausame Kälte und hellstes Licht in undurchsichtige Finsternis umdrehen kann, dann würdest du wissen, dass du hier nichts machst als Zeit verlieren. Was willst du zwischen diesen halbtoten Greisen, die dem Geld nachrennen, das noch toter ist als sie. Oder hast du je einen von ihnen genießen gesehen? Ja, ihre Macht, die kosten sie aus: Andere einengen, andere beschneiden, das können sie, wo sie doch selber auch keine Freiheit haben. Was willst du, um Gottes Willen unter diesen Leuten. Sie sind nicht Deines- und Meinesgleichen. Sie sind die Zombies eines Systems, das nur dank ihnen funktioniert. Schau, ich habe Geld. Mit diesem Geld kann ich ein Wüstenfahrzeug kaufen. Davon können wir leben. Wir werden am Morgen hinausfahren, wenn die Wüste noch fahl ist und nur in der Ferne die Berge violettgrau schimmern. Noch wird keine Hitze über den Dünen flimmern, aber eine zitternde Unwägbarkeit wird über allem liegen und die Leere mit ihren durchsichtigen Fragen – nicht füllen, nein – berühren, zart berühren und sie so rühren und so geneigt machen, dass sie uns einen weiteren Tag zu leben erlaubt. Und über den Sand werden die winzigen Füße von Insekten krabbeln und unsichtbare Spuren hinterlassen und ein neuer Tag wird sein. Hier ist das Geld, davon werden wir herrlich leben."

Nelson:

"Ich brauch dein Geld nicht, Idiot. Ich habe Geld für tausend Raupenfahrzeuge. Dafür hättest du dich und mich nicht verkaufen müssen. Verstehst du denn nicht: Es ist eine Frage des Prinzips. Dieser Gauner von Fernandez will mich herunterkaufen, mich und eine Idee, die wirklich Zukunft hätte. Das kann ich ihm unmöglich durchgehen lassen. Ganz abgesehen davon, dass ich nicht in die Wüste will, ich habe eine Position hier und die werde ich verteidigen. Diese Schweine glauben vielleicht, ich sei kein Mann, aber da täuschen sie sich ganz gewaltig. Ich werde kämpfen, bis denen die Backenzähne wackeln, darauf kannst du dich verlassen. Ich werde kämpfen bis zum Letzten, denn das lasse ich mir einfach nicht bieten!"

Omar:

"Ein Mann der Wüste kämpft nur ums Überleben

und sonst weicht er aus. So machen es auch die Tiere. Schau ihnen zu, selbst der Große weicht dem Kleinen aus, wenn er die Möglichkeit hat. Ich warne dich, du verschwendest kostbare Energie, Energie, die du viel besser zum Überleben einsetzen würdest."

Nelson:

"Jetzt hör um Gottes Willen endlich auf dich einzumischen, sonst vergesse ich mich. Hör endlich auf, so gottverdammt klugzuscheißen. Ich halte das nicht mehr aus."

Da stand Omar auf und stellte sich gerade vor das Bett. Er wirkte wie ein schwarzer Schattenriss vor dem rosaroten Sonnenlicht, das nun durchs Bullauge drang.

"Bereust du, dass ich in dein Leben gekommen bin? Bereust du es? Dann werde ich gehen. Aber du musst es mir befehlen. Sag mir: Omar hau ab und du siehst mich nicht wieder."

Das brachte Nelson endlich wieder zur Besinnung. Er sprang auch auf, schluckte, sah blinzelnd ins blendende Licht und fand keine Worte. Omar wusste nicht, ob Nelson ihn schlagen wollte, aber dieser stand plötzlich still. Und wieder standen sie sich gegenüber wie zwei versteinerte Salzsäulen, unfähig zwischen den in ihnen streitenden Impulsen zu entscheiden, unfähig zur Bewegung. Ihre Blicke trafen sich. Und während sie sich gelähmt anstarrten, machten sich ihre Augen selbständig und begannen, Tränen abzusondern. Doch bevor sich diese lösen konnten, sanken sie sich in die Arme.

23

Fernandez stand am Frühstücksbüffet. Sein Teller
war mit drei Sorten Brot und vier Sorten Käse beladen
und nun belegte er einen zweiten Teller mit Marmela-
de, Honig und Melonenschnitzen. Er fühlte sich gut
und dachte keinen Augenblick daran, wie oft er als
Kind an einem Stück alten Brot geknabbert oder vor
weißen, trockenen Teigwaren gesessen war, weil damals
kein Geld für Öl oder Tomaten vorhanden war.
Fernandez dachte nie daran, wollte sich nicht an seine
Kindheit erinnern. Er hatte sie damals gehasst und
hasste sie jetzt. Allerdings war ihm das nicht anzumer-
ken gewesen. Er hatte niemals gemurrt, denn schon als
Knabe hatte er seine ganze Energie darauf verwendet,
ein für allemal dieser Misere zu entfliehen. Er war intelligent und er wusste, dass das sein Kapital war. Also
lernte er. Er war der Beste in der Klasse und auch der
Höflichste, das gebot ihm seine Klugheit. Er ver-
schlang Bücher und Zeitungen. Schon mit sechzehn
wusste er über die Börse Bescheid. Aber er sprach zu
niemandem davon, denn keiner in seiner Umgebung
hätte ihm auch nur das geringste bisschen Geld zur
Verfügung stellen können, und das hätte er gebraucht,
um praktische Erfahrungen zu sammeln. Mit achtzehn
war ihm klar, dass er weder mit seiner Hände Kraft
noch mit Kopf-Arbeit jemals fähig sein würde, so viel
Geld zu verdienen, wie er haben musste um nie mehr
vor weißen Teigwaren zu sitzen. Er beschloss, Jura zu
studieren und in die Politik zu gehen.

Er wurde sehr schnell Parteisekretär einer Ortsgruppe, denn um diese langweilige Arbeit riss sich niemand. Und er hielt Augen und Ohren offen. Schon bald wusste er, wer in seinem Ort das Sagen hatte. Und das bedeutete auch: Das Geld. Es war leicht, bei diesen Leuten durch gelegentliche Gefälligkeiten aufzufallen. Und schon fingen sie an, ihn zu protegieren.

Er stieg die Parteileiter hoch und wurde da und dort zu privaten Anlässen zugelassen. Dort fiel er auf durch Diskretion und durch Börsentipps, die sich mehrere Male als unglaublich gut erwiesen. Fernandez hatte tatsächlich einen unfehlbaren Instinkt: Wie der Jäger in der Urzeit wusste, wo das Wild zu finden war, so witterte Fernandez einträgliche Geschäfte. Die ersten Geldsummen wurden ihm zur Verwaltung überlassen. Und seine Klienten verdienten gut. Damit selbstverständlich auch er. Während seine reichen Freunde reicher wurden, erschaffte auch er sich ein ansehnliches Vermögen. Das Geld, mit dem er arbeitete, stammte nicht immer aus sauberen Quellen, eigentlich sogar nie, aber er verwandelte es in herrlich funkelndes Gold, das jeder stolz in der Sonne blitzen lassen konnte. Und so wurde er für seine Partner unentbehrlich.

Als Fernandez in den Stella-Deal einstieg, war er bereits ein reicher Mann. Er hätte sich zur Ruhe setzen können und seinen Hobbies frönen: den Frauen, den Zigarren und dem Wein. Er besaß selber Rebberge und schätzte, fast noch mehr als sein Geld, die Momente, wo er als größter Weinkenner jenseits der Alpen zum Interview gebeten wurde. Aber wie ein Jagdhund, der nicht zu bremsen ist, wenn er einer Wildspur nachspürt, so war auch Fernandez nicht zu halten, wenn er irgendwo ein Geschäft vermutete. Schon beim Bau der neuen Autofabrik hatten er und seine Freunde tüchtig abschöpfen können und mit der Übernahme der Stella würden sie alle einen Börsengewinn erzielen, der selbst für einen Wertschöpfer wie Fernandez astronomisch war.

Aber noch galt es, ein paar Kurven sauber zu nehmen. Er hatte gute Vorarbeit geleistet bisher und die Firma in eine Lage gebracht, in der sie handeln musste. Und eine mutige Vorwärtsstrategie, die von den Schwachstellen des Unternehmens ablenken würde, war genau das, was Groenewalds brauchte und entsprechend ersehnte. Nur Duchàne war noch ein Hindernis: Er war unermesslich reich und, was nicht unbedingt dazu gehörte, er schien tatsächlich unbestechlich zu sein. Mit seinem vielen Geld konnte er es sich leisten, Vornehmheit und Idealismus zu pflegen Und so war er diesem ‚Eisvogel' und dem verdammten Nelson aufgesessen.

Fernandez verbot es sich, wütend zu werden. Er wusste, dass dies seine Urteilskraft trüben könnte. Aber Nelson war tatsächlich eine Spezies Mensch, die ihn jedes Mal wenn er auf ein Exemplar davon traf, vollständig aus der Fassung brachte. Sie schienen weder an Geld noch an Macht interessiert zu sein, sondern verfolgten stur wie blinde Böcke ein Ziel, das sie sich gesetzt hatten. Einfach nur, weil sie es für richtig hielten. Es war ja nicht so, dass er ihr Ziel in Frage stellen wollte, darum ging es gar nicht. Das Schlimme an diesen Leuten war einfach, dass sie nicht begriffen, dass es eine Hierarchie der Entscheidungen gab und dass sach-

liche Argumente nicht zählten, wenn es um Geld ging.
Und zwar um das Geld, das er und seine Freunde sich
in die Tasche stecken wollten.

Fast alle Leute, die Fernandez im Lauf seines Ge-
schäftslebens getroffen hatte, durchschauten und ak-
zeptierten diese Hierarchie. Die meisten hielten sich
ruhig, kuschten und passten sich an. Sie wussten, wie
die Dinge laufen und dass es gefährlich sein kann, sich
einzumischen oder gar dagegen zu stemmen. Ein paar
Klügere und Mutigere wollten jeweils beteiligt werden.
Und erhielten ihren Anteil, wenn sie sich nicht ein-
schüchtern ließen oder sogar nützlich zu sein schienen.
Denn das Geschäft beruhte ja auf Zusammenarbeit.
Und dann gab es die Unbelehrbaren, wie Nelson, und
die mussten außer Gefecht gesetzt werden.

Fernandez war ein Instinktmensch. Er war, als die
Sea Birth in Monaco auslief, auf dem Oberdeck gestanden und hatte den Morgen genossen, den Felsen
und das Meer und die aufgehende Sonne beobachtet.
Und dann hatte er Nelson gesehen und bemerkt, wie
dieser den lockigen Matrosen mit den Augen ver-
schlang. Und da wusste er mit einem Schlag, wie er
Nelson ausmanövrieren würde, falls dieser sich als un-
vernünftig erwies. Was sich ja dann leider in der Folge
abgezeichnet hatte.

Fernandez strich sich ein Brötchen. Er war sehr zufrieden mit sich. Dann sah er Nelson in den Speisesaal
kommen. Der Entwickler des Eisvogels sah blass und
schmal, aber sehr entschlossen aus. Er wünschte laut
einen guten Morgen, ging dann direkt zu Duchàne und
flüsterte ihm etwas ins Ohr. Dieser nickte zustimmend.

Nun würde es darauf ankommen, ob die Rechnung von Fernandez aufging. Nun würde es sich entscheiden. Fernandez biss kräftig ins Brötchen. Er war guten Mutes.

24

Wenn Nelsons Kabine an ein Hotelzimmer der Jahrhundertwende erinnerte, so war die von Duchàne ein Schlafzimmer in Versailles. Der Raum war groß und ganz in weiß und Gold gehalten. Ein großes Bett mit gerafften Seidenvorhängen dominierte den Raum, daneben gab es eine hübsche kleine Sitzgruppe mit Sofa und Sesseln. An den Wänden wechselten mit Goldornamenten verzierte Paneele mit großen Spiegelflächen. Nelson konnte einen Laut des Erstaunens nicht unterdrücken, als er den königlichen Raum betrat.

"Da müssen Sie aber auch noch das Badezimmer sehen", sagte Duchàne gutgelaunt, als er Nelsons Verblüffung bemerkte und öffnete die Türe. Und da bot sich tatsächlich ein weiterer atemberaubender Blick auf goldene Wasserhähne in Form von Delphinen und einer Marmorbadewanne hinter Seidenvorhängen.

Duchàne war an Luxus gewöhnt. Seit er ein Kind war, hatte er in schlossartigen Anwesen und teuren Stadtpalais gewohnt. Er hatte sich stets zwischen kostbaren Stilmöbeln und Antiquitäten bewegt und schon jung gelernt, sorgfältig und bewusst mit diesen Kostbarkeiten umzugehen. Zwar hatte er während seiner Institutsjahre auch eine spartanische Umgebung erlebt, hatte in einfach eingerichteten Zimmern gewohnt und sich in gemeinschaftlichen Duschanlagen gewaschen und nichts dabei gefunden. Aber selbst da war alles von einer gewissen grundlegenden Qualität gewesen und die setzte Duchàne in seinem Leben nun einfach voraus. Sein Geschmack war zwar nüchtern, er bevorzugte sparsam möblierte Räume, aber alles darin war von erlesenster Herkunft, ob es sich um einen modernen Ledersessel oder um einen antiken Sekretär handelte.

Die Reise auf der Sea Birth brachte seine Prinzipien ein wenig durcheinander. Er fand das Ganze zu überladen und zu teuer, vor allem seine Luxuskabine. Auf der anderen Seite konnte er sich der Qualität dieses Schiffes nicht entziehen: Es war aus edelsten Materialien gefertigt und mit Liebe bis ins Detail gepflegt. Selbst die Blumenarrangements in seinem Zimmer waren von seltenem Geschmack. Und so konnte er der Faszination der edlen, glänzend lackierten Hölzer nicht entgehen. Das frisch gestrichene Weiß hellte seine Laune auf und das blankpolierte Messing wärmte sein Herz. Die sauber festgezurrten Seile schmeichelten seinem Ordnungssinn und die Komplexität der Takelage verblüffte seinen technischen Verstand. Das Personal war diskret und freundlich und das Essen leicht und hervorragend. Und so musste sich Duchàne eingestehen, dass er diese Seereise eigentlich aufs Äußerste genoss, wenn auch der geschäftliche Anlass Grund für ernsthafte Besorgnis bot.

Er betrachtete Nelsons Rücken im Spiegel. Die schmale, dunkle Silhouette gefiel ihm ausnehmend gut. Er spürte in diesem Mann einen Geistesverwandten,

einen Mann mit ähnlichen Ansprüchen an Nüchtern-
heit und Qualität, wie er sie selber stellte. Zwar reagier-
te Nelson manchmal wie ein Heißsporn, aber das tat
seinem versteckten Charme keinen Abbruch, im Ge-
genteil, es erhöhte ihn sogar.

Unbewusst identifizierte sich Duchàne mit Nelson.
Er schrieb sich den gleichen, überlegenen Verstand und
die gleiche Beherrschung zu, wie er sie in dem Jüngeren
sah. Und er spürte eine starke und verdeckte Leidenschaft, die er sich gewünscht, aber nie gestattet hätte.

Sie gingen zurück ins Zimmer. Duchàne setzte sich
auf das weiße Sofa und bat Nelson, gegenüber Platz zu
nehmen. "Was haben Sie auf dem Herzen?" fragte er.

"Ich werde erpresst", sagte Nelson, "und ich hielt es
für das Beste, offen mit Ihnen zu reden." Und dann
gab er sich als homosexuell zu erkennen, erklärte aber,
dass er ohnehin ein Leben lebe, das sich immer voll
und ganz auf das Geschäft konzentriert habe. Er
sprach von seiner Begeisterung für den ‚Eisvogel' und
von seiner Überzeugung, dass es für den zukünftigen
Erfolg der Firma notwendig sei, solche zukunftswei-
senden Projekte zu verfolgen. Und dann äußerte er den
Verdacht, dass es Leute in der Firma gäbe, die den Erfolg hintertrieben und ihre eigenen Interessen anstatt
die der Firma verfolgten. Er nannte keine Namen, aber
er machte deutlich, dass er die Schwierigkeiten im Süden ortete und schlug vor eine Untersuchungskommis-
sion einzusetzen, die das dortige Vorgehen überprüfen
sollte. "Ich wende mich an Sie, weil ich Ihnen und Ihrem Urteil besser vertraue als vielen anderen. Leider
habe ich keine Beweise, die es mir ermöglichen wür-

den, anders vorzugehen. Und nun wissen Sie alles", schloss Nelson seinen langen Diskurs.

Eisige Stille breitete sich aus. Duchàne war unfähig, zu reagieren. Zuerst war er einfach schockiert gewesen. Dieser schöne, junge Mann schwul, er konnte es nicht fassen. Und dann wurde ein Gefühl immer stärker und stärker in ihm, nämlich Wut, dass er mit solchen Schmuddelgeschichten konfrontiert wurde. Das hatte nicht die Qualität, die er für sein Leben verlangte! Angewidert saß er da und hörte Nelsons' Anklagen. Dieser mochte ja Recht haben, den Südländern war allerhand zuzutrauen, aber Nelson hatte nicht das Recht, mit seiner Homosexualität und seinem Verdacht in sein Leben einzudringen. Männerliebe war verboten, so verboten, dass man sie nicht einmal erwähnen sollte. Denn wo käme man dahin, wenn jeder einfach seinen Gefühlen und Leidenschaften nachgeben würde.

Duchàne saß bocksteif auf dem Sofa. "Das war es also, was Sie mir sagen wollten. Gut. Ich habe es zur Kenntnis genommen. Ich werde mir sorgfältig überlegen, was zu tun ist. Vorerst vielen Dank."

Nelson wusste, dass es Zeit zu gehen war. "Ich danke Ihnen", murmelte er, verbeugte sich leicht und ging hinaus. Er wusste, er hatte verloren.

25

Für den letzten Nachmittag der Reise stand noch einmal ein Landausflug auf dem Programm. Die Sea Birth näherte sich der steilen Küste der Côte Vermeille

und ankerte im Hafen von Port Vendres, genannt nach
Venus, der Schönheitsgöttin, die man hier in der Vor-
zeit in einem Heiligtum verehrte. Jetzt hatte die kleine
Stadt nichts Großartiges mehr. Eine Zeile von pastell-
farbigen Häusern wurde von den Masten der davorlie-
genden Fischkutter in Streifen zerlegt. Seeleute
machten sich an Motoren und Ankern zu schaffen und
dazwischen spazierten ein paar verlorene Touristen, die
außer ein paar gefälligen Fotosujets nichts zu sehen
kriegten. An diesem Nachmittag allerdings bot die Sea
Birth eine willkommene Abwechslung, als sie majestätisch in den Hafen einlief.

Auf Anraten Omars nahm sich Nelson ein Taxi und
fuhr nach Collioure. Er fühlte sich nicht besonders gut
und die kurvige Straße trug auch nicht zur Verbesse-
rung seiner Laune bei. Das Wetter war noch immer
schön, aber ein heftiger Wind tobte den Bergflanken
entlang und schüttelte den verlotterten Renault, in dem
Nelson auf verschlissenen Sitzen hin und her geschleudert wurde. Dann endlich öffnete sich eine Bucht und
sie fuhren in das reizende kleine Städtchen ein.

Eine massive Festung zeugte von einer bedeutenden
Vergangenheit. Bekannt aber war der Ort durch Künst-
ler geworden, vor allem durch Matisse, dessen farben-
frohe Bilder die seinerzeitige Kunstkritik zum
Aufschreien brachten. Das seien Wilde, wurde gesagt
und der Begriff des Fauvismus war geprägt. An diesem
Spätherbsttag erinnerte allerdings wenig an die wilde
Farbenpracht von Matisse' Bildern. Eine stille, blasse
Wehmütigkeit lag über dem kleinen Städtchen, das of-
fensichtlich kurz vor dem Winterschlaf stand. Nur we-

nige Schiffe lagen im Hafen, viele schon schützend verpackt. Und in den Bistros saßen nur wenige, alte Männer vor ihrem Pastis.

Nelson ließ sich vor dem Hotel des Templier ausladen. Er betrat die Gaststube, die für ihre vielen, bekannten Bilder berühmt war. Auch hier wirkte alles leicht ausgestorben, nur ein alter Alkoholiker hing an der Theke. Sonst schien alles verwaist. Nelson musste ziemlich lange warten, bis er endlich seinen Espresso bestellen konnte. Das bunte Gewirr von Bildern verschiedenster Qualität war tatsächlich interessant. Aber alles wirkte vergilbt, einer fernen Vergangenheit zugehörig und Nelson fühlte sich als Amerikaner weit entfernt von dieser Kultur.

Danach wanderte er zur Zitadelle hinüber. Die dicken Mauern aus hellen Bruchsteinen waren beindruckend. Hübsche Fensterrundungen, Torbögen und Gewölbe zeugten von der Fertigkeit der mittelalterlichen Baumeister. Nelson setzte sich in einen der Erker, der in die starke Mauer eingelassen und von zwei steinernen Bänken flankiert war. Er versuchte sich vorzustellen, wie man vor ein paar hundert Jahren in diesen großen, schlecht zu heizenden Räumen lebte. Es gab große Kamine, in die man sich setzen konnte, aber sonst wirkten die hohen Räume nicht gerade wohnlich. Wie mussten sich die feinen Prinzessinnen nach Wärme und Komfort gesehnt haben, dachte er sich. Aber vielleicht, überlegte er, waren sie gar nicht so zart gewesen, sondern abgehärtete junge Frauen, die, raue Worte rufend, durch diese Hallen fegten, begleitet von Hunden und Dienerinnen, die mit breiten, roten Händen

Holzscheite ins Feuer warfen. Und doch, waren nicht unter solchen Fenstern die Minnesänger gestanden und hatten von ihrer verzehrenden Sehnsucht für die hohen Frauen gesungen? Und waren die Frauen nicht in ihren Erkern gesessen und hatten aufs Meer hinausgeschaut und sich nach etwas gesehnt, das sich weder dort noch hier fand?

Nelson stand auf und ging weiter. Die Vergangenheit machte ihn melancholisch. Sie hatten damals gelebt so gut wie sie konnten und waren jung gestorben. Was war heute anders? Er war beruflich am Ende und vielleicht auch schon bald krank und tot.

Sein nächstes Ziel war die Wehrkirche mit ihrem berühmten, goldenen Altar. Dank einem Münzapparat flammte die Beleuchtung auf und zeigte ein mehrstöckiges Schnitzwerk mit vergoldeten Heiligen, das Nelson in seiner Mächtigkeit beinahe erschlug. Er staunte, mochte sich aber für diesen machtvollen Prunk nicht erwärmen. Darum verließ er die Kirche und ging hinunter zum nahe gelegenen Meer. Dort sah er auf einem Felsblock eine kleine Kapelle stehen. Sie zog ihn magisch an. Über einen kleinen Sandstrand gelangte er dort hin. Der Wind blies mit großer Kraft und riss an Nelsons Kleidern.

Nelson umrundete das zimmergroße Kapellchen, das fast ganz vom Meer umschlossen war. Hierher kamen wohl die Fischerfrauen, wenn es stürmte und sie um ihre Männer bangten. Hier beteten sie zu Petrus und zur heiligen Madonna, damit sie ihre Liebsten beschützten. Und manchmal hatte es wohl genützt und viele andere Male nicht. Wie viele Menschen hatte das

Meer wohl verschlungen, seit sie hinausfuhren, um ihm die silbernen Fische zu rauben. Wie viele waren der Leere verfallen und süchtig weitergefahren, bis sie ihr Ende, aber nicht das des Wassers gefunden hatten?

Vor Nelson breitete sich die Zeit aus wie das blaugraue Meer, das vom Wind aufgepeitscht, mächtige Wellen wogen ließ. So viele waren schon vor ihm gestorben. Sterben konnte gar nicht so schwierig sein. So etwas wie Sehnsucht ergriff ihn. Wäre es nicht schön, bereits jetzt zu gehen, hinauszugehen in dieses grenzenlose Grau, alle Schwierigkeiten zurückzulassen, alles zu vergessen, was so verwirrend, so kränkend, so erstaunlich, so betörend war?

Nelson fasste keinen Entschluss. Er wusste nur: Er würde versuchen, seine Würde zu wahren.

26

Während Nelson, über den Tod nachsinnend, hinter der kleinen Kapelle stand, trafen sich die Herrscher über Milliarden und über Tausende von Arbeitsplätzen und Schicksalen unter den weißen Sonnensegeln auf Oberdeck. Ein adretter Kellner füllte eben die Teetassen von Groenewalds und Duchàne. Er setzte den silbernen Teekrug auf den Tisch und ließ die beiden allein.

"Ich habe die Fahrt genossen, das war eine gute Idee die Klausur auf dieses Schiff zu verlegen", sagte Duchàne, obwohl es eigentlich nicht stimmte. Er hatte sich zwar tatsächlich der Faszination der Sea Birth nicht entziehen können, empfand aber die ganze Veranstaltung doch als überdimensioniert und war wegen seinem morgendlichen Gespräch mit Nelson sowieso schlechter Laune. Aber er war eben ein höflicher Mensch.

Groenewalds nickte zufrieden. "Ja", sagte er, "jetzt müssen wir die Sache bloß noch zu einem guten Abschluss bringen." Er war gelassen. Die geruhsamen Tage auf dem Meer hatten ihm gut getan und er hatte seiner Freundin nicht nur verziehen, dass sie ihn in dieses Abenteuer gelockt hatte, sondern schon mit sehr freundlichen und begehrlichen Gedanken an sie gedacht. Er spürte seine Selbstsicherheit und Männlichkeit und es fühlte sich angenehm an. Seine Mannen hatten gespurt, seine Macht war in keinem Moment angekratzt worden und was immer mit der Firma geschähe, ihm persönlich konnte es nichts anhaben. Er könnte im schlimmsten Fall in die Politik zurückkehren. Überhaupt war dies vielleicht ein guter Gedanke. Die Politik bot doch eine ganz andere Plattform für die persönliche Entfaltung, mehr Öffentlichkeit, mehr Einfluss, mehr Kontakt mit hervorragenden Männern. Denn was hatte er hier um sich versammelt? Eine Bande von braven Arbeitern, Kuschern und Ja-Nickern. Und dieser Duchàne, reich wie nur etwas, aber ein Mann, der vom wahren Leben keine Ahnung hatte. Groenewalds lächelte sein Gegenüber freundlich an: "Sind Sie zu einer Entscheidung gelangt?"

Duchàne nickte. Aber auch das stimmte nicht, denn seit er am Morgen mit Nelson gesprochen hatte, war er in Gedankenleere versunken. Seine Meinung war vorher klar gewesen: Er hatte diesem erfreulichen jungen Mann und seiner Strategie geglaubt. Der Idealismus, der darin lag, hatte ihm gefallen. Wenn er vierzig und Geschäftsmann gewesen wäre, dann hätte er so sein und denken wollen wie Nelson. Jedenfalls bis heute Morgen. Und nun war alles zusammengebrochen und unter einer Schicht von Schmutz erstickt. Es war schmerzlich, doch das gestand er sich nicht ein. Er war wütend. Aber auch das gab er vor sich nicht zu. "Was ist Ihre Meinung?" fragte er kühl.

Auf diesen Moment hatte Groenewalds gewartet. Er sprach davon, dass Angriff immer die beste Verteidigung sei und dass Vorwärtsstrategie schon aus Gründen der Motivation der Mitarbeiter immer besser sei als Verbleiben beim Bestehenden. Er sagte, dass das Diktat des Marktes nicht überhört werden dürfe und dass es eine Chance sei, ein Produkt einkaufen zu können, nach dem der Markt verrückt sei. Er sprach vom Synergie-Effekt, den die Übernahme der Stella für das eigene Verteilnetz habe. Kurz, er plädierte für Kauf.

Duchàne hörte nicht richtig zu. Er nippte an seiner Tasse, schenkte nach, tupfte einen Milchtropfen vom Tisch, der beim Eingießen heruntergefallen war, betrachtete eingehend die struppigen, mageren Bergflanken, die sich hinter den Hafengebäuden wölbten, bestaunte einmal mehr das Gewirr der Seile. Er konnte sich seiner Gedankenleere nicht entziehen.

Als Groenewalds geendet hatte, entstand eine merkwürdige Pause, die beiden höchst unangenehm auffiel, die aber keiner zu überbrücken wusste. Nun griff auch Groenewalds nach der Teetasse, rührte heftig und so etwas wie Unsicherheit ergriff ihn für einen Moment. Die Leere öffnete sich wie ein Loch, an dessen Kante sie beide standen, einen kurzen Augenblick nicht wissend, ob sie nicht hineinfallen würden, ob es sie nicht verschlingen würde. Dann riss sich Duchàne zusammen:

"Sie haben vollständig freie Hand."

"In jeder Beziehung freie Hand?" fragte Groenewalds, der es nicht glauben konnte, dass die Angelegenheit mit so wenig Schwierigkeiten über die Bühne ging.

"In jeder Beziehung freie Hand", bestätigte Duchàne.

Und nun begann Groenewalds mit leiser Stimme zu skizzieren, was er vorhatte, wie er die Übernahme in Angriff nehmen werde und was er sich von den einzelnen Maßnahmen versprach. Und Duchàne hörte wieder nicht zu, sah vor sich hin, dachte an seine Ehefrau und seine drei Söhne, dachte daran, dass er sich für sein Leben immer mehr Freiheit gewünscht hätte, als er sich zu nehmen wagte, sah Nelson vor sich, den er hasste und gleichzeitig irgendwie beneidete, weil dieser es gewagt hatte, seinen Gefühlen zu folgen.

Vier Stunden später sprach Groenewalds seine Gedanken laut, zufrieden doch mit gehöriger Zurückhaltung aus, beim Nachtessen, vor versammelter Mannschaft. Jetzt, wo es so weit war, spürte er weniger Triumph als Müdigkeit. Auch tat ihm Nelson nun plötzlich doch leid, wie dieser bleich am Tisch saß und in sein Steak schnitt. Er war ein wirklich tüchtiger junger Mann, einer der besten, aber er hatte sich nun halt einmal in die falsche Sache verbissen. Und er konnte in seiner Crew nur Leute gebrauchen, die am selben Strick zogen, die ohne Murren an seiner Leine gingen.

Zwischen Hauptgang und Dessert beugte sich Duchàne plötzlich zu Groenewalds hinüber, nervös seinen Dessertlöffel zwischen Daumen und Zeigefinger drehend: "Halten Sie es für möglich", fragte er flüsternd, "dass die Streiks im Südwerk durch ein Komplott angezettelt sind und darum nicht zu Ende gebracht werden können?"

Groenewalds stockte für einen Moment lang der Atem über dieser Möglichkeit. Doch dann fasste er sich wieder. "Nein", sagte er selbstsicher und beruhigend, "das halte ich für ausgeschlossen." Und damit war das Thema vom Tisch. Fernandez und seine Freunde hatten ihre Millionen auf Nummer sicher.

27

"Ich bin erledigt", sagte Nelson dumpf. Er lag halb aufgerichtet im Bett, sah blass aus aber eigentlich weniger zerstört, als es zu erwarten gewesen wäre. Er hatte es ja kommen sehen, und trotzdem: Jetzt wo es so weit war, war er doch überrascht und verwirrt. Er spürte so etwas wie Erleichterung, dass das Ende gekommen war, dass das, was wie ein nicht greifbares Verhängnis über ihm geschwebt hatte nun endlich klare Konturen annahm. So fühlt sich der Kranke, wenn er endlich eine definitive Diagnose erhält. Selbst wenn diese fatal ist, ist es besser, als nicht zu wissen. Gleichzeitig war er erschöpft und ausgehöhlt von den Aufregungen der letzten Tage. Und dann gab es in ihm auch nackte und pure Angst. Was sollte jetzt werden? Was sollte er mit seinem Leben anfangen?

Omar saß im Schneidersitz vor ihm und sah ihn teilnahmsvoll an. Er sagte nichts. Mehrmals strich er sich mit seinen kräftigen Hände über die muskulösen Unterarme, die dunkel erschienen vor seiner weißen Kleidung. Es wirkte, als ob er sich bei seinem eigenen Körper seiner Festigkeit und Sicherheit versichern wollte, so als ob er prüfte, ob noch alles da sei, was er brauchte, um zu überleben.

Vielleicht war es diese Stille und die beruhigende Geste, die Nelson dazu brachte, aus seiner Grabesstimmung aufzutauchen. Immerhin, dachte er sich, war er finanziell abgesichert. Die Firma müsste ihm auch eine beträchtliche Abfindung zahlen. Und wahrscheinlich würde er von der amerikanischen Autoindustrie mit Handkuss zurückgenommen, vielleicht sogar empfangen, wie ein verlorener Sohn.

Omar schien seine Gedanken zu erraten und schüttelte langsam den Kopf. Nelson sah ihn verblüfft und fragend an.

"Willst du diesen Rauswurf nicht zum Anlass nehmen, neu und unbefangen über dein Leben nachzudenken?"

Nelson zuckte die Schultern. Natürlich hatte Omar Recht, er konnte sich Zeit lassen, nichts eilte. Und trotzdem, seine Entlassung klebte wie ein Stück Dreck an ihm und er wollte es loswerden, je schneller, desto lieber. Er würde...

Omar unterbrach seine Gedanken. „Du hast unglaublichen Erfolg gehabt, Nelson. Aber warst du je glücklich?"

Nelson schloss die Augen. Die ruhigen Fragen von Omar zogen ihm den Boden unter den Füssen weg. Er fühlte, dass ihn Panik und Schmerz überrollen wollten. Er schwieg, trotzig.

Omar hielt die Stille aus. Während er bei ihrem letzten Gespräch Nelson bedrängt und attackiert hatte, weil er ihn mit sich nehmen, für sich haben, weil er ihn unbedingt für sich behalten wollte, blieb er nun selber distanziert, in der Rolle des Helfers. Er wunderte sich selber über seine Ruhe und Zurückhaltung. Es war in diesem Moment aber einfach klar, dass die Situation so ernst war, dass Egoismus unmöglich wurde.

"Was würde dich glücklich machen?" insistierte Omar sanftmütig.

Nelson lachte bitter auf. "Du weißt schon was. Aber ich kann doch mein Leben nicht damit verbringen, in deinen Armen zu liegen."

'Warum nicht', dachte Omar, schwieg aber still.

Und Nelson fühlte wieder das ganze Glück, das er in diesen Tagen kennengelernt hatte, die Wärme in seinem Körper, das Vorhandensein im gegenwärtigen Moment, das bewusste Wahrnehmen von Schatten und Licht, von kalt und warm, von Düften, von der Schwere der eigenen Glieder. Und das Gefühl, dies alles teilen zu können, nicht allein zu sein, endlich nicht mehr allein zu sein, sondern Omar neben sich zu haben, der mit ihm war, der mit ihm fühlte, der mit seinem Körper und seinen Worten antwortete, der eine andere Qualität in sein Leben gebracht hatte, in dem es nun plötzlich möglich schien, dass ein langer, schwarzer Tunnel endete, dass es hell würde, dass sich Räume öffneten, in denen unerforschte Kontinente an Seligkeit lägen.

"Ach Omar, ich weiß einfach nicht, was ich denken soll."

Dieser antwortete leise und sanft: "Hast du eine Vorstellung, was aus uns zwei werden soll?"

Und durch Nelson ging eine Welle, ein Impuls, den Freund in seine Arme zu reißen, aber gleichzeitig war da auch eine schwarze Macht, die diese Bewegung stoppte, ein Gefühl, dass das alles sinnlos und ohne Zukunft sei.

"Warum schaust du nicht in deinen Händen nach", sagte Nelson dumpf. Aber Omar zuckte nur mit den Schultern. "Bei mir selbst funktioniert das nicht", sagte er matt. Und dann mit mehr Bestimmtheit:

"Morgen gehst du in Barcelona von Bord. Ich werde mit der Sea Birth nach Marseille zurückkehren, dort kann der Kapitän Ersatz für mich finden. Ich werde meine Zelte in Frankreich abbrechen und nach Afrika zurückkehren. Ich brauche etwa zwei Wochen, bis ich alles geregelt habe. Ich schlage vor, dass du irgendwo auf mich wartest. Und wenn wir uns dann treffen, können wir sehen, was weiter geschieht."

Nelson nickte und streckte die Hand nach Omar aus und zog ihn zu sich. "Lass uns unseren letzten Abend trotz allem genießen", flüsterte er, "ich werde es kaum aushalten, auf dich zu warten, ich halte es schon jetzt nicht aus."

Und sie fielen übereinander her mit der Leidenschaft, wie sie nur möglich ist, wenn dumpfe Verzweiflung

Pate steht: Nelson immer noch erschüttert über seinen Absturz, Omar, unterschwellig ahnend, dass jede Planung eitel ist und dass es das letzte Mal war, dass er sein Schicksal und seine große Liebe in den Armen hielt.

28

Nelson wusste nicht, woher er den Mut und die Kraft nehmen sollte, um am Frühstücksbüffet zu erscheinen, aber er fühlte auch, dass er dieser Konfrontation um keinen Preis ausweichen wollte. Sein Verstand sagte ihm, dass er sich zeigen müsse. Und sein Temperament, das unterkühlt und bedächtig war, wenn es nicht gerade in einer leidenschaftlichen Explosion aufwallte, zwang ihn, auch in dieser Situation beherrscht zu handeln. 'Und habe ich nicht', dachte er, als er vor dem Spiegel stand und seine silbernen Bartstoppeln abkratzte, 'habe ich nicht mein Leben lang eine Rolle gespielt?' Und spielten sie nicht alle Rollen, diese mächtigen und arrivierten Herren, um ihre eigene Unsicherheit und ihre Angst vor dem Nichtgenügen etwas weniger schmerzhaft zu machen? Jedenfalls wollte er es Fernandez und Ashby nicht gönnen, ihn vernichtet zu sehen.

Das ohnehin nicht sehr angeregte Gespräch im Speisesaal verstummte als Nelson schmal und verschlossen den Raum betrat. Er war spät dran, die andern waren mit dem Essen schon fast fertig. Er nickte guten Morgen, als ob nichts wäre. Er setzte sich neben Tyler. "Ich nehme an, meine Ablösung bietet keinerlei Schwierigkeiten. Mein Assistent ist über alle laufenden Geschäfte bestens informiert. Ich habe beschlossen, vorläufig hier zu bleiben und Urlaub zu machen. Ist Ihnen das Recht?"

Tyler nickte begeistert. Er hatte sich nämlich schon Sorgen gemacht, wie er Nelson beibringen sollte, dass er ab sofort in der Firma unerwünscht sei. Nun erledigte sich alles von selbst und wie am Schnürchen. Er klopfte Nelson auf die Schulter. "So sorry", sagte er leise, "dass es so herausgekommen ist, aber ich bin sicher, Sie werden schon bald wieder obenauf schwimmen." Nelson nickte. Dann holte er sich zu essen und setzte sich an einen kleinen Einzeltisch.

Seine ehemaligen Kollegen verließen, einer nach dem andern den Raum. Die meisten nickten ihm neutral zu. Ashby und Fernandez guckten auf die andere Seite. Als einziger kam Mayer zu ihm.

"Das Geschäftsleben ist manchmal unberechenbarer als die See", sagte er und setzte sich. "Was werden Sie tun?" Und als Nelson sagte, dass er es noch nicht wisse, versicherte ihn Mayer seiner Unterstützung so weit es in seiner Macht läge. "Ich habe gerne mit Ihnen zusammengearbeitet", stellte er fest, "und bedaure sehr, dass dies vorbei ist." Dann gab er Nelson seine breite Pranke und schüttelte sie und Nelson spürte, wie sich Wärme in seiner Hand und seinem Arm ausbreitete.

Nun war er allein. Er legte sein Brötchen auf den Teller, schaute sich die luxuriöse Umgebung noch einmal gründlich an und sagte laut: "Das war's dann." Jetzt fühlte er sich ruhig und sogar irgendwie befreit.

Die nächsten Tage verbrachte er in Barcelona, spazierte unter den flanierenden Spaniern, genoss Zarzuela und schwarzen Reis und bewunderte die pflanzenartigen Gebäude von Gaudì. Er saß auf den bunten Mosaikbänken, die sich um die Terrasse im Parco Güell schlängelten, und wunderte sich über die kindliche Kühnheit dieses erstaunlichen Menschen, der es gewagt hatte, seine Träume zu realisieren. Und als er vor den Türmen der Sagrada familia stand, brach er fast in Tränen aus, als im plötzlich klar wurde, dass Technik auch Schönheit schaffen konnte. Sein Selbstsicherheit kam plötzlich ins Wanken. Er, der sich zumindest seiner technischen Begabung so sicher gewesen war, fragte sich nun plötzlich, ob sein Können mehr als Stümperei sei. Zu seiner unstabilen Seelenlage trug zudem bei, dass der Boden nach der mehrtägigen Seefahrt immer noch unter seinen Füssen schwankte. Immer wieder verließen die Wände plötzlich die Vertikale, schwappten auf ihn zu und bereiteten ihm Übelkeit oder die Platanen der Ramblas schienen zu schwanken und nach ihm greifen zu wollen.

Nelson beschloss zu fliehen. Er mailte an Omar in Marseille, dass er nach Portugal an die Algarve fliege. Dort wolle er Golf spielen.

Die Abgeschiedenheit und gepflegte Ruhe des luxuriösen Golfhotels brachten Nelson wieder ins Gleichgewicht. Er glitt in seinen handschuhweichen Slippers über Rasenflächen, die seine Schritte wie Polster dämpften und dem Körper Botschaften von Sanftheit und Weiche übermittelten. Die Sonne war angenehm, sie wärmte, ohne zu erhitzen und das türkisblaue Meer unten an den Klippen fächelte erfrischende Luft. Die Golfanlage zog sich durch einen herrlichen Park mit Baumriesen, die buschige Boskette bildeten und Palmen, die Ferienstimmung verbreiteten. Eine herrliche, gedämpfte Stille herrschte, die so angenehm und weich in den Körper drang wie die sanften Berührungen der Sonne und die weiche Federung der Schritte. Das Grün der Rasenflächen schien unwahrscheinlich und bildete einen fast schmerzhaften Kontrast zu den kahlen, struppigen Hügeln dieser windgepeitschten Küste. Die weißen Wägelchen und die farbigen Shirts der Golfer bildeten fröhliche Farbtupfer auf den smaragdenen Flächen. Und der Duft des Meeres und der Sehnsucht lag ausgebreitet über allem.

Nelson ging jeweils früh hinaus, wenn das Licht noch milchig und die Luft noch kühl war. Er genoss es, allein da draußen zu sein. Er war ein guter Golfer. Und wenn er sich nun zum Schlag ausstreckte und sein Körper einen perfekten Bogen bildete, in dieser kurzen Anspannung vor dem Aufschlag, und wenn er dann mit dem Schwung und der ganzen Härte seines Eisens denn kleinen Ball ins Weite schlug, dann war ihm, als ob er Stück um Stück seiner Verunsicherung und seiner Kränkung von sich wegschlagen würde. Und er fühlte sich von Stunde zu Stunde und von Tag zu Tag freier.

Er schloss sich zum Spielen anderen Gästen an. Er setzte sich mit ihnen zum Small Talk in die Bar, manchmal auch zum Nachtessen auf die Terrasse, unter der das Meer mit heftigen Wellen an die Felsen klatschte. Sie sprachen über die Wirtschaft und über Geschäfte und Nelson spürte, wie er ernst genommen

und bewundert wurde. Und er genoss es in vollen Zü-
gen. Die Tage auf der Sea Birth verblassten, der Gedanke an seinen Fall traf ihn nicht mehr wie ein Hieb,
und auch Omar rückte weiter und weiter weg. Wer war
dieser seltsame Mann gewesen, mit dem er so heftige
Nächte verbracht hatte? Der es liebte, seltsame Dinge
zu sagen und der so tat, als ob er in Nelsons Leben
gehörte? Nelson war innerlich schon wieder in Amerika. Er hatte von einem seiner Golfpartner ein sehr inte-
ressantes Angebot erhalten. Sein Leben war noch nicht
zu Ende, oh nein. Er würde noch vieles fertigbringen
und noch manchem zeigen, was in ihm steckte.
Schließlich war er ein Mann, er konnte es sich nicht
leisten, einfach seinen Gefühlen zu leben. Hatte er
nicht gelernt, dass Fallen keine Schande sei, nur das
Liegenbleiben. Er würde sich aufrappeln. Er hatte sich
schon aufgerappelt!

Nur manchmal, wenn er an Omars Hände und Arme
dachte, erfasste ihn eine Welle von Sehnsucht und
Schmerz. Aber dann sagte er sich, dass er unmöglich
sein Leben nach einem seltsamen Beduinen richten
könne, den er gerade fünf Nächte lang und unter den
merkwürdigsten Umständen kennengelernt hatte.

29

Omar hatte die Zeichen gesehen aber falsch gelesen.
Er hatte durchaus gemerkt, dass Nelson verschlossen,
ja fast abweisend war, als sie sich verabschiedeten. Aber
er hatte dies Nelsons Problemen zugeschrieben. Oder

vielleicht irgend einer überflüssigen Verlegenheit, die zu Nelsons zugeknöpfter Art zu passen schien. Auf keinen Fall hätte er in sich Zweifel aufkommen lassen wollen, dass Nelson so bedingungslos zu ihrer Beziehung stand wie er. Und war ihm nicht ein Zeichen gegeben worden, als er Nelson zum ersten Mal sah? Omar versuchte, keine Unsicherheit zu fühlen, doch etwas in ihm wusste, dass er sich betrog.

Dann war dieser Traum gekommen, in seiner letzten Nacht auf dem Schiff: Er hatte ein Tier, vielleicht war es ein Hündchen gewesen, vorsichtig das Fallreep hinuntergetragen. Das Pelzwesen hatte zärtlich seinen Kopf an ihn geschmiegt und Omar spürte große Liebe und Fürsorglichkeit. Unten ließ er das Tier sehr sorgfältig ins Wasser gleiten. Es schwamm still davon, tauchte unter und verwandelte sich in einen perlmuttschimmernden Fisch, der in den Wellenmustern des Wassers verschwamm. Als Omar erwachte, wusste er, dass der Tod in der Nähe war. Aber er dachte keinen Augenblick daran, dass es sein Tod sein könnte. Er fühlte sich so gesund, er fühlte sich so stark. Und eben hatte er die Liebe seines Lebens getroffen.

Er musterte nicht gerne von der Sea Birth ab, aber schließlich hatte er nun das Geld beisammen, um sein altes Traumprojekt zu verwirklichen: eine Gesellschaft, die Safarifahrten in die Wüste anbieten würde. Er hatte alles schon seit Monaten abgeklärt, er wusste, wo er die günstigsten Geländewagen kaufen konnte, er hatte Listen mit den notwendigen Ausrüstungsgegenständen bereit und er wusste auch schon, welchen Computer er für die Büroarbeit haben wollte. So machte er sich frohgemut an die Arbeit, besuchte Garagen und Ämter und organisierte den Einkauf und den Transport der Ausrüstung. Und schließlich war es so weit: An einem strahlenden Mittwoch Nachmittag mailte er voll Vorfreude Nelson, dass er am Donnerstag Abend nach Farò fliegen würde.

Omar kam aus dem Internetcafé. Heiße Luft flimmerte über dem Plätzchen, wo der alte Jeep stand, den ihm der Autohändler für diesen Tag überlassen hatte. Seinen letzten Tag in Frankreich wollte Omar nämlich dazu benützen, um noch einmal seinen Lieblingsorten nachzufahren und dann in St. Tropez von Mercedes Abschied zu nehmen. Und so war er noch einmal in die Berge des Massifs des Maures gefahren, wo sich schmale Sträßchen zwischen Kork- und Steineichen steile Hänge hinaufwanden und hatte von oben vom blitzenden Meer Abschied genommen, das sich in scharfkantigen Buchten verfing, die aussahen, wie die Zähne eines Haifischs. Omar hatte den Wind in den Haaren genossen und die Sonnenwärme auf seinen Händen, die das Steuerrad fest umschlossen hielten. Und dann geschah es. Omar fuhr ungebremst in eine Felswand.

Hatte er einen Moment geträumt, als er in die Kurve fuhr, hatte ihn die Sonne geblendet oder war es ein technischer Defekt? Keiner der Automobilisten, die hinter ihm hergefahren waren, suchten nach Erklärungen. Sie zogen Omar von der Straße weg, auf die er geschleudert worden war und legten ihn zur Seite in den Schatten. Einer alarmierte die Ambulanz.

In diesem Moment hatte Omar noch keine Schmerzen. Er war nicht bei normalem Bewusstsein. Er sah seine Mutter vor sich und küsste ihre rot bemalten Hände. "Ich glaube, jetzt habe ich alles verpatzt" sagte er. Aber sie schüttelte milde lächelnd den Kopf und zeigte nach der Seite hinüber. Dort stand Nelson, sehr bleich und halb abgewendet und ein dunkler Schatten wie der Tod wehte um ihn herum, umstreifte ihn und strich ihm um die Beine wie ein aufsässiger Hund. "Nelson", rief Omar und eine heiße Welle von sehnsüchtiger Liebe fuhr durch seinen Körper, "Nelson!" Doch Nelson hörte nicht. Oder vielleicht hörte er, aber wollte nicht kommen. Vielleicht zuckte er die Schultern, als er sich nun abwandte und in langsamen Schritten davonging. "Nelson", weinte nun Omar hoffnungslos, "Nelson", und er wendete sich zu seiner Mutter. Aber die war nun auch verschwunden. Er sah nur einen schwebenden, roten Punkt, der wie Neon leuchtete und aus dem plötzlich Blut zu fließen begann. Und da wusste Omar, dass er sterben wollte.

Als er in die Ambulanz eingeladen wurde, kam er zu sich und verlangte, dass man Mercedes benachrichtigen solle und diese traf zwei Stunden später in der Intensivstation des Spitals ein. Omar hatte inzwischen schon mehrere Bluttransfusionen erhalten, die aber seinen Zustand nicht verbesserten. Es gelang den Ärzten nicht, die inneren Blutungen zu stoppen.

Omar war friedlich. Die Schmerzen waren verklungen. Nun lag er in einer fast gemütlichen Lethargie und spürte, wie ihn das Leben Tropfen um Tropfen verließ. "Sag Nelson, dass ich gerne sterbe" flüsterte er Mercedes zu, die auf das Kopfkissen gelehnt, sein Gesicht streichelte, "sag ihm, ich hoffe, er überlebe!" Und er sah sie mit dunklen Augen an, die ein Geheimnis verbargen, das sie nicht zu entziffern vermochte. "Stirb nicht, mein kleiner Verrückter", flüsterte sie zärtlich, "stirb nicht". Doch er lächelte nur einfach wissend und glücklich.

Und dann fühlte er plötzlich, einen brutalen Druck im Körper, eine Last, die seine Bauchhöhle dehnte. Er hörte, wie die Luft durch seine Luftröhre rasselte und verwunderte sich über das ungewohnte, kratzende Geräusch in seiner Lunge. Der Druck in seiner Bauchhöhle wurde stärker, als ob da etwas wäre, das hinauswollte, das er mit seiner ganzen Kraft hinausstoßen müsse. Wie eine Gebärende in Angst vor den kommenden Schmerzen horchte er erschreckt in sich hinein. Für einen Moment krallte er sich furchtsam an die Hand von Mercedes. Doch dann ging der Krampf vorbei, so plötzlich, wie er gekommen war. Ein heller Lichtpunkt öffnete sich vor seinen Augen, von dem brennend helle, aber nicht blendende goldene Strahlen ausgingen. Und das Licht breitete sich aus und brachte alles zum Leuchten. Mercedes rote Haare flackerten wie Flammen, die Wände des Zimmers lösten sich auf. Ein unsäglicher Glanz lag über allem. Und in dem Glanz und dem Licht war alles, was Omar je gekannt und geliebt hatte und begrüßte ihn sanft und voller Freundlichkeit. Omar öffnete sich und schluchzte vor Glück. "Das Licht der Wüste", murmelte er, "ist nicht nur in der Wüste." Er lächelte selig, seufzte und starb.

Mercedes legte seine Hände auf ihr Gesicht. Danach schloss sie ihm die Augen.

30

An diesem Mittwochnachmittag war Nelson nach
Sagres gefahren, wo er die große Windrose anschauen
wollte. Sie wurde vor wenigen Jahren freigelegt und als
Instrument der Seefahrer erklärt, doch viele Leute
glaubten, dass sie viel älter sein müsse und ein heiliger
Kreis an einem ehemals magischen Ort sei.

Nelson spazierte relativ unbeeindruckt durch das
Fort und um den tatsächlich sehr seltsamen Kreis herum, der hier den äußersten Südzipfel von Europa mar-
kierte. Viele Touristen waren da, knipsten sich und die
Windrose und verstreuten Kaugummi- und Eiscrème-
Papierchen. Nelson beschloss, zum Leuchtturm hinaus
zu spazieren.

Die Landzunge war vom Meerwind verbrannt und
von karstigen Kalkbrocken übersät. Nur ein paar tro-
ckene, stachelige Büsche mochten in dieser rauen Umgebung zu wachsen. Möwen wogten im Wind auf und
nieder wie die Wellen, die mit Kanonendonner an die
Felsen krachten. Nelson folgte nicht der Straße, sondern benützte einen kleinen Trampelpfad, der leicht zu
gehen war, weil die Vegetation so schütter war. Plötzlich blieb er voller Erstaunen stehen: Im Boden öffnete
sich ein rundes, tiefes Loch durch das hindurch das
entfernte Meer in regelmäßigem Rhythmus einen Was-
serstrahl schickte, der heftig schäumend hindurch-
schoss und sich eben so heftig wieder zurückzog. Das
ganze wirkte wie ein gewaltiger Liebesakt und hatte
etwas Ungehöriges. Vater Meer fiel hier in aller Öffentlichkeit über Mutter Erde her. Nelson blieb, von der

Heftigkeit des Geschehens gebannt, lange Zeit erstarrt stehen und sah zu. Dabei versetzte ihn der Rhythmus der Bewegung in eine Art von dumpfer Trance.

Schließlich riss er sich los und wanderte weiter, gedankenlos, dem Wind ausgesetzt und von ihm leergefegt. Und wieder kam er an ein Loch in der Erde. Dieses sah aus wie eine eingestürzte Schlucht, deren Grund aufgefüllt war von schwarzen, verkeilten Felsbrocken. Hier gab es zwar nichts zu sehen, aber weil hier, in einiger Entfernung vom Meer die Dünung ganz deutlich zu hören war, übte auch dieser Ort eine unglaubliche Faszination auf Nelson aus. Er setzte sich auf einen der Felsbrocken und hörte auf die Geräusche, die wie klagende Geisterstimmen aus der Tiefe tönten, wenn sich das Wasser zurückzog und sich das Rauschen in Rieseln, Schmatzen und Gurgeln verwandelte. Er war ein Klagen und Raunen und Flüstern, ein Winseln und Ächzen, das etwas mitzuteilen schien und das Nelson zu verstehen versuchte, obwohl es doch nichts als Naturgeräusche waren. Und wie er so saß, konzentriert auf Nichtvorhandenes und immer noch gedankenlos, war ihm plötzlich, als ob er Omars Stimme höre, die ihn rief: "Nelson, Nelson." Er schrak auf und wurde plötzlich ganz aufgeregt. Ein wilder Drang etwas zu tun, erfasste ihn. Aber es fiel ihm nicht ein, was er tun könnte. Er spürte Machtlosigkeit. Die Spannung zwischen seinem Wunsch und der Unmöglichkeit zu handeln, zerstörte seine Trance. Nelson rief sich energisch zur Vernunft. An diesem Loch würde jeder Stimmen hören, vor allem in dunkler, mondloser Nacht wenn das Geraune noch schauerlicher als am hellen, südlichen Nachmittagslicht nach den Nerven griff.

Ein Donnergrollen ließ Nelson aufschauen. Er suchte nach einem Flugzeug, konnte aber keines ausmachen. Doch der Donner wiederholte sich. Weit im Westen lag eine dunkle Wolke. Wenn der Donner von ihr kam, war es wohl Zeit, ins Hotel zurückzukehren. Nelson stand auf und ging davon. Und wieder donnerte es, und diesmal noch lauter. Und plötzlich stand Nelson mit gefrorenem Blut, denn der Donner kam aus dem Boden, auf dem er stand. Eine Kraft fuhr unter seinen Füssen durch, die die Erde erzittern ließ und ihn vor Schreck lähmte. Er fühlte Todesangst, hätte wegspringen und sich retten wollen. Er hatte das Gefühl, dass die Erde im nächsten Augenblick unter ihm einbrechen würde. Doch er war nicht fähig, sich zu rühren. Und das Geschehen wiederholte sich, in einem Rhythmus, der nicht voraussehbar war. Eine Kraft mit der Energie eines Eilzugs wuchtete sich unter seinen Füssen durch und zog an seiner Lebenssubstanz.

Nelson stand, die Haare gesträubt, der Atem gestockt, unfähig sich zu bewegen. Und mit jedem Mal, wo sich das unerhörte Geschehen wiederholte, zerbrach etwas in ihm. Er fiel auseinander. Das war das Gefühl. das er hatte: In Stücke zu gehen, zerlegt zu werden, auseinanderzufallen, nichts mehr zu sein, nicht mehr zu sein. Und doch gleichzeitig alles angstvoll beobachten zu müssen.

Es dunkelte, als er sich endlich losreißen konnte und er wusste, der da wegtorkelte, war ein anderer Mann. Er war müde, ausgehöhlt und erschöpft. Er war unfähig, einen klaren Gedanken zu fassen, aber er wusste mit Sicherheit: Er war nicht mehr der gleiche Mann wie zuvor. Er fühlte sich wie eine Leinwand, wenn der Filmapparat ausgeschaltet wird, wie ein Computerbildschirm, wenn das Programm abgestürzt ist, leer, frei, unprogrammiert. Er hatte ein Leben gelebt, nun würde er ein Anderes leben. Er wusste nicht, was sein würde, aber er wusste, es würde alles anders sein.

Er wankte vor Müdigkeit, als er die Hotelhalle betrat. Der Concierge gab ihm den Schlüssel, dazu zwei Papiere. Auf dem ersten stand: "Morgen Donnerstag Abend 19.10 Uhr bin ich in Farò. Omar". Auf dem zweiten, es war ein Fax, hatte Mercedes mit ihrer großzügigen Handschrift in Eile folgende Worte geworfen: "Omar verunglückt. Brief folgt." Und tatsächlich, frühmorgens, nach einer durchwachten Nacht in der Nelson immer wieder vergeblich zu telefonieren versucht hatte, wurden ein weiterer Fax unter seinem Türspalt durchgeschoben.

"Lieber Nelson", schrieb Mercedes, "mein geliebter kleiner Bruder, mein großer Freund und Lehrer ist tot. Er fuhr mit Vollgas in eine Felswand, dieser Idiot. Die Polizei klärt ab, ob es seine oder die Schuld des Fahrzeugs war, doch das spielt jetzt auch keine Rolle mehr. Er ist für immer von uns gegangen. Ich kann es nicht glauben, es ist nicht zu fassen.

Ich traf ihn bei klarem Bewusstsein an. Er lässt dir ausrichten, dass er gerne stirbt und dass du überleben sollst. Die Ausrüstung, die er zusammengekauft hat, ist bereits auf dem Frachter, seine persönlichen Sachen und Papiere sind bei mir. Er hat gesagt, du sollst entscheiden, ob ich sie an seine Familie senden soll. Er

dachte, du würdest sie selber überbringen wollen. Er
starb ruhig und in Frieden. Mein Schmerz ist enorm,
aber deiner sicher nicht kleiner. Seine letzten Worte
waren: ' Das Licht der Wüste ist nicht nur in der Wüste'. Ich umarme dich.

Mercedes"

Nelson weinte. Er stand auf und ging hinaus auf den
Balkon. Über dem Meer ging eben die Sonne auf, aber
Nelson sah es nicht, weil Tränen seinen Blick verschleierten. Aber er nahm wahr, wie dieser Schleier vor
seinen Augen plötzlich hell und strahlend wurde. Alles
löste sich auf in einem leuchtenden, friedlichen Glanz,
der sich ins Weite auszudehnen schien. Und Nelson
war, als ob er in all dem Strahlen Omar auf sich zukommen sähe, er fühlte jedenfalls seine Präsenz und
aus ihr eine Woge von Wärme auf sich zukommen und
gleichzeitig floss Liebe und Wärme aus ihm selber heraus. Und er spürte, wie sich die beiden Wogen ineinander schlangen, sich umeinander in einer Spirale
verdrehten und schließlich miteinander verschmolzen.
Er fühlte den anderen in sich, in einer goldenen Won-
ne, und spürte nicht mehr, wo der eine anfing und der
andere endete. Nelson war Omar geworden und Omar
Nelson.

Nelson reiste in die Wüste und legte Omars Sachen
seiner verschleierten Mutter vor die Füße. Sie segnete
ihn mit wunderschönen, rot bemalten Händen. Drei
Monate blieb er in der Hitze und dem gleißenden Licht
der Sahara und setzte sich den schwarzen, stillen Augen
aus, die aus der Lücke im Schleiers in die seinen blick-

ten und unendliche, nie endenwollende Geschichten erzählten.

Danach ging er nach Amerika zurück. Er kaufte sich eine verlassene Ranch in Arizona und betrachtete das sich wandelnde Licht über der Wüste. Er beobachtete, wie die Schatten über die rosaroten Felswänden wanderten. Er lebte von dem Geld, das ihm seine Motorradfabrik seinerzeit eingebracht hatte. Gelegentlich schrieb er einen Aufsatz für eine technische Zeitschrift. Im Übrigen lebte er wie ein Mönch. Er starb 20 Jahre später an Herzversagen. Die Krankheit, vor der er sich so sehr gefürchtet hatte, war bis zu diesem Zeitpunkt nicht ausgebrochen. Er hinterließ mehrere Stapel von Gedichten, die niemals veröffentlicht wurden.

Von der gleichen Autorin:

Auf den Schwingen des Pendels
Die Königin der Feuersalamander
Im Labyrinth der Kraft
Von Menschen und Geistern
Liebe überlebt
Arkana
Schnittpunkt der Dimensionen
Weisses Feuer, schwarzer Schnee

Alle auch als e-book bei kindle-bookshop

www.ingramcontent.com/pod-product-compliance
Lightning Source LLC
Chambersburg PA
CBHW060436130626
46555CB00005B/2374